青少年求知文库
QingShaoNian QiuZhiWenKu

难忘的少年时光

李媛媛 编

吉林人民出版社

图书在版编目（CIP）数据

难忘的少年时光 / 李媛媛编. — 长春 : 吉林人民
出版社, 2010.7（2021.3重印）
（青少年求知文库）
ISBN 978-7-206-06859-1

Ⅰ.①难… Ⅱ.①李… Ⅲ.①散文—作品集—世界
Ⅳ.①I16

中国版本图书馆CIP数据核字(2010)第120365号

难忘的少年时光

编　　者 : 李媛媛
责任编辑 : 李沫薇
吉林人民出版社出版（长春市人民大街 7548 号　邮政编码 :130022)
印　　刷 三河市燕春印务有限公司
开　　本 :700mm×970mm　　1/16
印　　张 :13　　　　　字数 :110 千字
标准书号 : ISBN 978-7-206-06859-1
版　　次 :2010 年 7 月第 1 版　　　印　　次 :2021 年 3 月第 2 次印刷
定　　价 :39.00 元

如发现印装质量问题,影响阅读,请与印刷厂联系调换。

目 录

003

老屋琐忆

◎ 尹克丰

国庆节长假，我又回到了日思夜想的故乡，我又站在了故乡老屋的门前了。

我用颤抖的双手抚摸那扇久经风雨的木门，心里竟然酸酸的。记得小时侯，我经常与伙伴们在家里玩"藏猫猫"的游戏，这扇木门便是我经常的藏身之处。在这扇木门后面，锁着多少童年的"喜剧"啊！

堂屋的上方挂着一幅字，其实也就一个字："寿。"这个字是我大哥写的，极富创造性和想象力。记得这幅作品刚挂上时，我问大哥："哥，这是什么？怎么像一堆乱草似的？"大哥斜瞟了我一眼，不屑地说："你懂个屁，这叫艺术！"我大哥天生有文人气质，上小学时，就练得一手好字。文章也写得好。教我大哥课的老师，逢人便夸："老尹家有

希望了！"可是正当大哥学业蒸蒸日上时，却忽然迷上了武打电视剧《霍元甲》。那时，正值中考冲刺阶段，而大哥每天醒来的第一件事便是找我切磋武艺，研究"迷踪拳"。后来，在中考考场上，大哥真的迷了"踪"。从此，大哥便告别了课堂，继承了父业，春种秋收。现在想起来，我还会无端地觉着内疚。当初要不是我每天陪着大哥切磋武艺，大哥的艺术细胞可能就不会在农田里枯萎了。

　　放下手里提着的零零碎碎，我不知不觉地走进了老屋的西房间。以前，我有一个习惯，放学回家，总喜欢到奶奶的床上躺一躺。如今，奶奶不在了，西房间改由爸妈住了，摆设与奶奶在世时没有什么变化。墙上贴着的几张基督神像还在，那是奶奶心中的"神明"。记得奶奶在世时，每天都要对着神像默立、祈祷。其实奶奶不识字，也根本不知道基督为谁，在我们那里的农村，信教的大都如此。奶奶一生乐善好施，大概是天性中的善良恰巧与基督暗合吧，无论是路过家门的陌生人还是乞丐，只要有可能，奶奶都会努力帮助他们。奶奶去世时，村里的老老少少都来送葬。可是在这长长的送葬队伍里却没有我！听爸爸说，当初，他们想让我回去见奶奶最后一面的，可奄奄一息的奶奶坚决不同意，她担心我的学业受影响……每当想到这里，我的眼泪就忍不住要掉下来。

　　几天的假期转眼就过去了，我又踏上了归途。总有一种丝

丝不断的牵挂难以割舍，究竟是什么，似乎又难以说清道明；低着头赶路，总觉得耳边萦绕着熟悉的呼唤和叮咛，细心倾听，又只有苇叶沙沙作响。蓦然回首，老屋孤独地立在深秋的萧瑟中，似在向我挥手，似在对我呼唤。我忽然明白了一切，无论走到天涯海角，我的根都深深地扎在这里，直到永远，永远……

004

一棵橘树

◙ 吴 颢

一个家在农村的好友给我讲了这么一个故事。

他家所在的村子总共只有三个姓，另两个姓都是大姓，惟独他家是独姓。他家是祖父那辈从别处迁来的。一家人勤勤劳劳、小小心心地过日子，与乡邻相处极好，在村里有着很好的名声。

也不知在哪一年，他父亲在天井里种了棵橘树。打他记事起，橘树长得已经有一人多高了，树干有牛腿那么粗，枝丫已经高出了天井的围墙。那时候，橘子每年都能收获一大竹匾。记得在很小的时候，放到竹匾里的橘子，都是黄色的，金灿灿的，很甜。后来，慢慢的，采摘下来的，都是青橘了。那时他少不更事，从来也不管橘子的黄与青，在他嘴里，都一样好吃，只是味道有点区别罢了：黄的甜，青的酸。从内心来讲，

他倒喜欢青一些的，那个酸劲呀，一直沁到牙根。到现在一想起来，还让人直流口水。

他父母都是做事谨慎的人。只记得那些年，一到橘子挂果以后，父亲常要望着天井里的树叹气，母亲也是一脸的忧郁。慢慢地，他发现，他家的天井角上的砖，常被扒掉，那是邻家的孩子爬墙采橘子时扒掉的。"这不是偷嘛？"一次，他这样愤愤地说，迅即被母亲用手捂了嘴："不好这样说了，让人听得！"他也终于发现，橘子越采越青的原因，就在于防备外人来采。每年到差不多的日子，母亲就会催促父亲：采了吧。于是，从来不多言语的父亲便将梯子搬进天井，架到树上，将一只只青橘子摘下，母亲在树下伸手接了，轻轻放到竹篮子里——跟放鸡蛋差不多，惟恐碰伤了，留不长。采下的橘子，父母总是先数出多少个，放到大匾里，怕他偷吃了，又放到门框上的架子上。到近冬的日子，母亲会将匾子里的橘子，再捡到一只大竹篮里，然后挎在腰上，一家一户地去送。每次送完橘子后，母亲才像做完一件大事似的，松口气。至于父母，他很少见他们吃橘子，因为留出送人的以后，经常所剩不多，还得给他留一些。他呢，心里还老埋怨父母，只给他留那么几个。

那一年，为橘子的事发生了争吵。邻居家的一个玩伴，为采橘子，在攀他家天井时，掉地上摔伤了。虽说，是他父亲把孩子送的医院，但邻居家还是来吵。那可是户大姓人家，一下

来了几十号人，门前谷场上都挤满了人。说什么话的都有，乱哄哄的也听不清，只记得有小气、抠门、一滴汤水也不外落之类的。他有些想不通：明明自家都不舍得吃的，挨家挨户地送，怎么还这样说？但也是从那时起，他似乎一下子懂事了许多。他在邻居对他背后的指指戳戳中，感受到了冷淡、隔膜和排斥。

终于，有一年，父亲在犹豫了好长一阵后，把橘树给锯了。

从此，他家天井的砖块，再没有缺过。

慢慢地，他家在村上又有了好名声。他再没听到有谁说他们家小气、抠门的了。

听完这故事后，我沉思良久，一棵小小的橘树，折射的可是人性的某些弱点。

淡淡的深情

◙ 常跃强

母亲赋予我生命。她只有我一个儿子，不可谓不疼，也不可谓不娇。然而好多年，母亲对我总是淡淡的。起初我不甚了解。后来随着年龄的增长，我才渐渐地对慈母之心有了一些理解。

恢复高考的第二年，我考上了大学，且还是个中文本科。在我那个偏僻的小村子里，这是开天辟地第一个。左邻右舍的道贺声中，一片"啧啧"，"啧啧"里还含着惊诧！嗜酒如命的父亲，天天与乡亲喝到一醉方休。酒后吐真言："没事了，往后这就没事了！"随后便要我去亲朋好友家一一拜别，那意思里也带有一点儿炫耀。只有母亲总是淡淡的，不见她多么喜，也不见多么愁。她戴了老花镜，在暖暖秋阳里给我缝新被子。我走过去，她听见了我的脚步声，目光从老花镜上方探出来，淡淡地一笑，又继续埋头缝被子。我说："妈，我要上大学去了！"母亲说："我知道了。"没有鼓励，没有过高的期望，连声音也是淡淡的。

上路的那天是个好晴天，母亲提着提包送我出了大门。出大门也就是走了三五步，母亲就把提包递给我，说："你走吧。"而后便是决断地转身，硬朗朗地走回去，院里葡萄架的叶子遮住了她的身子，我只看见淡淡的身影。

在车站上，见一些同学的父亲来送行，依依惜别，千叮咛万嘱咐，父母和儿女的眼睛里都注着一泡泪。我孤零零的，便觉得很委屈。上了车，我赌气坐在一个角落里，谁也不理，埋头读书。车开动了，一些同学掏出手绢擦那红肿的眼睛。我反倒觉得赤条条无牵挂，心里轻松，行动潇洒！

大学四年，花开花落，一连串长得令人发腻的日子。读书读烦了，作文作累了，每每对窗呆坐便想起母亲。小时候，母亲一眼看不见我就满街喊；喊不应，就往水井里看，到池塘边去找。我忽然猴一样从哪个旮旯里钻出来，母亲就笑骂一声，巴掌扬起来要打，但落下来却极轻，拍打掉沾了一身的泥……温馨的回忆常使一颗心阵阵发热，泪就在不知不觉中从腮边滑下来。于是便想立刻动身，风雨兼程，扑进母亲的怀抱里。当收拾提包的时候，母亲淡淡的神情渐渐在我眼前幻现得清晰，心也就逐渐凉了。终于叹出一口气……

我结婚后，偕妻回老家探望父母。正值隆冬，又下了大

雪，天短夜长，一家人围炉闲话。说起我当年上大学的事，母亲就说："你上大学以后，我做了一个噩梦，梦见你死了，我一哭哭了个没气……"妻子抿着嘴笑，父亲笑得扭过脸去。连母亲也忍不住笑了。只有我笑不起来，甚感惊讶。联想我刚到家那天，母亲悄悄问我的那句话："她也舍得烧一顿肉让你吃吗?"一霎时我若醍醐灌顶，恍然大悟。母亲在我去上大学的那些漫长的日子里，她该会如何的牵挂和思念她的儿子呀！她知道她的儿子是个心浮气躁的人，这自然又给她添了一分担心。母亲生在农村，长在农村，出嫁了还在农村。方圆三十里路困住了她的脚步。在我上大学之前。母亲只进过一次县城。以母亲对外部世界的有限的认识，她不知道她儿子去上学的这个地方究竟有多大，是非多不多。日思夜想，坐卧难宁，思念伴着惊恐默默地郁结在她的心里。于是某一夜，噩梦就扇动着黑色的翅膀朝她飞来了。试想一个连媳妇舍不得让她的儿子吃一顿肉菜都挂念着母亲，这样的母亲，活得该有多累呀！

尽管我是个微不足道的人，然而在母亲的眼里是金贵的。她最了解她的儿子，她知道她的儿子有颗易于动情的心，怕儿子分心，不让我牵挂她，才总是淡淡的。要硬下这样的心肠，忍受这样痛苦的折磨，需要多么坚韧！

——这是平静水面下深处的激流啊！

风雨中的菊花

◙ 王宗宽

午后的天灰蒙蒙的，乌云压得很低，似乎要下雨。就像一个人想打喷嚏，可是又打不出来，憋着很难受。

多尔先生情绪很低落，他最烦在这样的天气出差。由于生计的关系，他要转车到休斯敦。

车站周围的一切他最熟悉不过了。他一年中大部分时间是在旅途中度过的。他厌倦了这种奔波的生活，他最急于见到的是上小学的儿子。一想起儿子，他浑身就有力量。正是由于自己整天漂泊，妻子和儿子才能过上安逸的日子，儿子才能上寄宿学校受到良好的教育。想到这些，他的心情舒畅些。

开车的时间还有两个小时，他随便在站前广场上漫步，借以打发时间。

"太太，行行好……"的声音吸引了他的注意力。循声望去，他看见前面不远处一个衣衫褴褛的小男孩伸出鹰爪般的小黑手，尾随着一位贵妇人。那个妇女牵着一条毛色纯正、闪闪发亮的小狗急匆匆地赶路，生怕小黑手弄脏了她的衣服。

"可怜可怜，我三天没有吃东西了，给1美元也行……"

考虑到甩不掉这个小乞丐，妇女转回身，怒喝一声："滚! 这么点小孩就会做生意!"小乞丐站住脚，满脸的失望。

"真是缺一行不成世界"，多尔先生想。听说专门有一种人靠乞讨为生，甚至还有发大财的呢。还有一些大人专门指使一帮孩子利用人们的同情心向过路人乞讨。说不定这些大人就站在附近观察，更说不定这些人就是孩子的父母。如果孩子完不成定额，回去就要挨处罚。不管怎么说，孩子也怪可怜的。这个年龄本来该上学，在课堂里学习。这个孩子跟自己的儿子年龄相仿，可是……这个孩子的父母太狠心了，无论如何应该送他上学，将来成为对社会有用的人。

多尔先生正思忖着，小乞丐走到他跟前，摊着小脏手："先生，可怜可怜吧，我三天没有吃东西了。给我1美元也行……"不管这个乞丐是生活所迫，还是欺骗，多尔先生心中一阵难过，他掏出一枚1美元的硬币，递到他手里。

"谢谢您，祝您好运!"小男孩金黄色的头发都连成了一个板块，全身上下只有牙齿和眼白是白的，估计他自己都忘记上

次洗澡的时间了。

树上的鸣蝉在聒噪，空气又闷又热，像庞大的蒸笼。多尔先生不愿意过早去候车室，就信步走进一家鲜花店。他有几次在这里买过礼物送给朋友。卖花姑娘认出了他，忙打招呼。

"你要看点什么?"小姐训练有素，礼貌而又有分寸。她不说"买什么"，以免强加于人。

这时，从外面又走进一人，多尔先生瞥见那人正是刚才的小乞丐。小乞丐很是认真地逐个端详柜台里的鲜花。"你要看点什么?"小姐这么问，因为她从来没有想小乞丐会买。

"一束万寿菊。"小乞丐竟然开口了。

"要我们送给什么人吗?"

"不用，你可以写上'献给我最亲爱的人'，下面再写上'祝妈妈生日快乐!'"

"一共是 20 美元。"小姐一边写，一边说。

小乞丐从破衣服口袋里哗啦啦地摸出一大把硬币，倒在柜台上，每一枚硬币都磨得亮晶晶的，那里面可能就有多尔先生刚才给他的。他数出 20 美元，然后虔诚地接过下面有纸牌的花，转身离去。

这个小男孩还蛮有情趣的，这是多尔先生没有想到的。

火车终于驶出站台，多尔先生望着窗外，外面下雨了，路上没有了行人，只剩下各式车辆。突然，他在风雨中发现了那

个小男孩。只见他手捧鲜花，一步一步地缓缓地前行，他忘记了身外的一切，瘦小的身体更显单薄。多尔看到他的前方是一块公墓，他手中的菊花迎着风雨怒放着。

火车撞击铁轨越来越快，多尔先生的胸膛中感到一次又一次的强烈冲击。他的眼前模糊了。

014

距　　离

◙ 雷　因

　　25 岁的时候，我因失业而挨饿，以前在君士坦丁堡，在巴黎，在罗马，都尝过贫穷和挨饿的滋味，然而，在这个纽约城，处处充溢着豪华气息，尤其使我觉得失业的可悲。

　　我不知道有什么办法能改变这种局面，因为我胜任的工作非常有限。我能写文章，但不会用英文写作。白天就在马路上东奔西走，目的倒不是为了锻炼身体，因为这是躲避房东讨债的最好办法。

　　一天，我在 42 号街碰见一位金发碧眼的大高个儿，立刻认出他是俄国的著名歌唱家夏里宾先生。记得我小时候，常常在莫斯科帝国剧院的门口，排在观众的行列中间，等待好久之后，方能购得一张票子，去欣赏这位先生的艺术。后来我在巴黎当新闻记者，曾经去访问过他。我以为他当时是不会认识我

的，然而他却还记得我的名字。

"很忙吗？"他问我。

我含糊地回答了他，我想他已一眼看出了我的境遇。

"我住的旅馆在第 103 号街，百老汇那边，跟我一同走过去，好不好？"他问我。

走过去？其时是中午，我已走了 5 个小时的马路了。

"但是，夏里宾先生，我们要走 60 个街口，路不近呢。"

"胡说，"他笑着说，"只有 5 个街口。"

"5 个街口？"我觉得很诧异。

"是的，"他说，"但我不是说到我的旅馆，而是到第 6 号街的一家射击游艺场。"

这有些答非所问，但我却顺从地跟着他走。一下子就到了射击游艺场的门口，看到两名水兵好几次都打不中目标。然后我们继续前进。

"现在，"夏里宾说，"只有 11 个街口了。"

我摇了摇头。

不多一会儿，走到卡纳奇大戏院。夏里宾说，他要看看那些购买月戏票子的观众究竟是什么样子。几分钟之后，我们重又前进。

"现在，"夏里宾愉快地说，"咱们离中央公园的动物园只有 5 个街口了，动物园里有一只猩猩，它的脸很像我所认识的唱次中音的朋友。我们去看看那只猩猩。"

又走了 12 个街口，已经是百老汇路，我们在一家小吃店面前停了下来。橱窗里放着一坛咸萝卜。夏里宾奉医生的医嘱不能吃咸菜，因此他只能隔窗望了望。

"这东西不坏呢，"他说，"它使我想起了我的青年时期。"

我走了许多路，原该筋疲力尽的了。可是奇怪得很，今天反而比往常好些。这样忽断忽续地走着，走到夏里宾住的旅馆的时候，他满意地笑着：

"并不太远吧？现在让我们来吃午饭。"

在那满意的午餐之前，夏里宾给我解释为什么要我走这许多路的理由。

"今天的走路，你可以常常记在心里。"这位大音乐家庄严地说，"这是生活艺术的一个教训：你与你的目标之间无论有怎样遥远的距离，都不要担心。把你的精神常常集中在 5 个街口的短短距离，别让那遥远的未来使你烦闷异常。常常注意于未来 24 小时内使你觉得有趣的小玩意。"

屈指到今，已经 19 年了，夏里宾也已长辞人世。我们共同走过马路的那一天永远值得我纪念。因为尽管那些马路如今大都已经变了样子，可是夏里宾的实用哲学，有好多次都解决了我的难题。

面对古老的选择

◎ 尤天晨

他本在一家外企供职，然而，一次意外，使他的左眼突然失明。为此，他失去了工作，到别处求职却因"形象问题"连连碰壁。"挣钱养家"的担子落在了他那"白领"妻子的肩上，天长日久，妻子开始鄙夷他的"无能"，像功臣一样对他颐指气使，居高临下。

她日渐感到他的老父亲是个负担，拖鼻涕淌眼泪让人看着恶心。为此，她不止一次跟他商量把老人送到老年公寓去，他总是不同意。有一天，他们为这事在卧室里吵了起来，妻子嚷道："那你就跟你爹过，咱们离婚！"他一把捂住妻子的嘴说："你小声点儿，当心让爸听见！"

第二天早饭时，父亲说："有件事我想跟你们商量一下，你们每天上班，孩子又上学，我一个人在家太冷清了，所以，

我想到老年公寓去住；那里都是老人……"

他一惊，父亲昨晚果真听到他们争吵的内容了！"可是，爸——"他刚要说些挽留的话，妻子瞪着眼在餐桌下踩了他一脚。他只好又把话咽了回去。

第二天，父亲就住进了老年公寓。

星期天，他带着孩子去看父亲。进门便看见父亲正和他的室友聊天。父亲一见孙子，就心肝儿肉地又抱又亲，还抬头问儿子工作怎么样，身体好不好……他好像被人打了一记耳光，脸上发起烧来。"你别过意不去。我在这里挺好，有吃有住还有得玩……"父亲看上去很满足，可他的眼睛却渐渐涌起一层雾来。为了让他过得安宁，父亲情愿压制自己的需要——那种被儿女关爱的需要。

几天来，他因父亲的事寝食难安。挨到星期天，又去看父亲，刚好碰到市卫生局的同志在向老人宣传无偿捐献遗体器官的意义，问他们有谁愿意捐。很多老人都在摇头，说他们这辈子最苦，要是死都不能保个全尸，太对不起自己了。这时，父亲站了起来，他问了两个问题：一是捐给自己的儿子行不行？二是趁活着捐可不可以——"我不怕疼！我也老了，捐出一个角膜生活还能自理，可我儿子还年轻呀，他为这只失明的眼睛，失去了多少求职的机会！要是能将我儿子的眼睛治好，我就是死在手术台上，心里都是甜的……"

所有人都结束了谈笑风生，把震惊的目光投向老泪纵横的

父亲，屋子里静静的，只看见父亲的嘴唇在抖，他已说不出话来。

一股看不见的潮水瞬间将他裹围。他满脸泪水，迈着庄重的步伐，一步步走到父亲身边，和父亲紧紧地抱在一起。

当天，他就不顾父亲的反对，为他办好有关手续，接他回家，至于妻子，他已做好最坏的打算。临走时，父亲一脸欣慰地与室友告别，室友一把眼泪一把鼻涕地埋怨自己的儿子不孝，赞叹他父亲的福气。父亲说："别这么讲！俗话说，庄稼是别人的好，儿女是自己的亲，打断骨头连着筋。自己的儿女，再怎么都是好的。你对小辈宽宏些，孩子们终究会想过来的……"说话间，父亲还用手给他捋了捋衬衣上的皱褶，疼爱的目光像一张网，将他从头罩下。

他再次哽咽，感受如灯的父爱，在他有限的视力里放射出无限神圣的亮光。

天堂的回信

⊠ （美国）马戈·法伊尔

1993 年 10 月的一个清晨，朗达·吉尔看到 4 岁的女儿戴瑟莉怀中放着九个月前去世的父亲的照片。"爸爸，"她轻声说道，"你为什么还不回来呀？"

丈夫肯的去世已经让她痛不欲生，但女儿的极度悲伤更是令她难以忍受，朗达想，要是我能让她快乐起来就好了。

戴瑟莉不仅没有渐渐地适应父亲的去世，反而拒绝接受事实。"爸爸马上就会回家的"，她经常对妈妈说，"他现在正上班呢。"她会拿起自己的玩具电话，假装与父亲聊天儿。"我想你，爸爸，"她说，"你什么时候回来呀？"

肯死后朗达就从尤巴市搬到了利物奥克附近的母亲家。葬礼过去近两个月，戴瑟莉仍很伤心，最后外祖母特里施带戴瑟莉去了肯的墓地，希望能使她接受父亲的死亡。孩子却将头靠

在墓碑上说："也许我使劲听，就能听到爸爸对我说话。"

1993 年 11 月 8 日本该是肯的 29 岁生日。"我们怎么给我爸爸寄贺卡呀？"戴瑟莉问外祖母特里施。

"我们把信捆在气球上，寄到天堂去怎么样？"特里施说。戴瑟莉的眼睛立刻亮了起来。

她选了一个画着美人鱼的气球，图案的上方写着"生日快乐"。以前戴瑟莉经常和爸爸一起看美人鱼的录像。

在墓前摆放鲜花时，戴瑟莉口述了一封给爸爸的信。"生日快乐，我爱你，想念你，"她说道，"但愿你在天堂能收到这个气球，在我一月份过生日时给我写回信，好吗？"

特里施将那段话和她们的地址记在了一张小纸片上，裹上一层塑料，最后戴瑟莉放飞了那只气球。

将近一个小时，她们就看着那个闪亮的光点慢慢地越飘越远、越变越小，戴瑟莉却兴奋地喊道："看啊，爸爸收到我的气球了！"才不过几分钟，那气球就不见了。"现在爸爸要给我写回信了。"戴瑟莉说着向汽车走去。

在一个寒冷、微雨的 11 月的早晨，在加拿大东面的爱德华王子岛上，32 岁的维德·麦金农准备出去打猎。他是一位森林管理员，与妻子和三个孩子住在美人鱼镇上。

但那一天他没有去经常打猎的地方，而突然决定去两英里外的美人鱼湖。在岸边的灌木丛中，他发现杨梅树丛的枝条钩住了一只银色的气球，上面印着美人鱼的图案，线的顶端系着

一张包着塑料的小纸条，已经被雨浸湿了。

回到家，维德小心地将潮湿的纸条摊开晾干。妻子唐娜回来时，维德给她看了气球和纸条，上面写着："1993 年 11 月 8 日，生日快乐，爸爸"通信地址是加利福尼亚利物奥克。

"现在才 11 月 12 号，"维德说，"仅仅四天这只气球就飞越了三千英里！"

"而且你看，"唐娜说着将气球翻了过来，"气球上印着美人鱼的图案，又正好落在了美人鱼湖边。"

"我们应该给戴瑟莉写封信，"维德说，"也许我们命中注定要帮助这个小姑娘。"

在沙勒特镇的书店里，唐娜·麦金农买了一本改编的《小美人鱼》。圣诞节过后几天，维德又买回了一张生日卡，上面写着："给我亲爱的女儿，温馨的生日祝福。"

1994 年 1 月 3 日，唐娜坐下来给戴瑟莉写了封信，然后将信夹在贺卡中，与书装在一起寄了出去。

1 月 19 日的傍晚，麦金农夫妇的包裹到了，那时朗达和戴瑟莉已经回尤巴市了，特里施决定第二天再送过去。

那天晚上特里施看电视时，怀着好奇心，她打开了包裹，先是看到一张贺卡，上面写着："给我亲爱的女儿……"

第二天清晨六点四十五分，哭红了眼睛的特里施将汽车停在朗达的门前。特里施说："戴瑟莉，这是送给你的，"特里施将包裹放在她手里，"是你爸爸寄来的。"

"代你爸爸祝你生日快乐，"特里施念道，"我想你一定会奇怪我是谁。其实一切都是从我丈夫维德 11 月去打野鸭的那一天开始的。你猜他发现了什么？是你寄给爸爸的美人鱼气球……"特里施停了一下，发现戴瑟莉的脸颊上闪烁一颗泪珠。"天堂里没有商店，但你爸爸希望有人能帮他给你买一份礼物，所以他就选中了我们，因为我们就住在一个叫做美人鱼的镇上。"

特里施继续读着："我知道你爸爸一定希望你能快乐，而不要为他伤心；我知道他非常爱你，并会一直注视着你的成长。爱你的：麦金农夫妇。"

特里施读完看着戴瑟莉。"我知道爸爸不会忘记我的。"孩子说。

特里施眼里含着泪水，搂着戴瑟莉又读起了麦金农夫妇送的那本《小美人鱼》，这个故事与肯给戴瑟莉读过的那本有些不同，以前那本讲的是小美人鱼后来幸福地与英俊的王子生活在一起，而在这一本中，邪恶的女巫割断了小美人鱼的尾巴，杀死了她，三个天使将她带走了。

特里施读完，担心悲惨的结局会使外孙女伤心，但戴瑟莉却快乐地用双手托住了脸颊。"小美人鱼进天堂了！"她喊道，"爸爸送给我这本书，因为小美人鱼就像爸爸一样进了天堂！"

2 月中旬麦金农夫妇收到朗达的来信："1 月 19 日收到你们寄来的包裹时，我女儿的梦想实现了。"

如今戴瑟莉每次想要和爸爸说话时，就会打电话给麦金农夫妇，只有这种方式能安慰她幼小的心灵。

"人们都对我说：'气球能落到那么远的美人鱼湖边，简直太巧了。'"朗达说，"但我知道是肯挑选了麦金农夫妇将自己的爱带给戴瑟莉，她现在懂得了父亲的爱会一直陪伴着她。"

三件不能让母亲知道真实结果的往事

◎ 阿 健

　　我是个乡下孩子。母亲是土生土长的乡下人，没什么文化。但没文化的母亲对孩子的爱并不会因为愚昧、不科学的原因而比有文化的母亲少一分，只不过有的时候会以"特别"的形式表现出来而已。

　　念高三那年的一个周末，母亲第一次搭别人的车来到县城的一中。在递给我两罐咸菜后，又兴奋地塞给我一盒包装得挺漂亮的营养液。我惊讶地问母亲："咱家那么困难，买它干什么？"母亲很认真地说："听人家说，这东西补脑子，喝了它，准能考上大学。"我摩挲着那盒营养液，嘟囔着："那么贵，又借钱了吧？"母亲一笑："没有！是用手镯换的。"那只漂亮的银手镯是外祖母传给母亲的，是贫穷的母亲最贵重的东西了，多年来一直舍不得戴，压在箱底。

母亲走后，我打开一小瓶营养液，慢慢地喝下了那浑浊的液体，没想到我当天晚上便被送进医院。原来母亲带来的那盒营养液是伪劣产品。回到学校，我把它全扔了。

当我接到大学录取通知书时，母亲欣然道："那营养液还真没白喝呀，当初你爸还怕人家骗咱呢。"我使劲儿点着头。

一个炎炎夏日，正读大学的我收到一个来自家里的包裹单。我急匆匆赶到邮局取邮包，未及打开那个里三层外三层包裹得格外严实的小纸箱，一股浓浓的馊味已扑面而来。屏着呼吸打开才发现里面装的是 5 个煮熟的鸡蛋，经过千里迢迢的邮途，早已变质发臭。心里禁不住埋怨："也不动动脑子，这么大的城市，什么样的鸡蛋吃不到？大热天的，还那么老远从乡下寄，肯定要坏的。"

很快，母亲让邻居代写的信飞至。原来，前些日子家乡正流行一种说法，说母亲买 5 个鸡蛋，煮熟了送给儿女吃，就能保儿女的平安。母亲在信中还一再嘱咐，让我一定要一口气吃掉那 5 个熟鸡蛋……

读信的那一刻，我心里暖融融的，仿佛母亲就站在面前，慈祥地看着我吃下了 5 个鸡蛋。放暑假回家，母亲问我鸡蛋是否坏了，我笑着说："没有，我一口气都吃了。"于是，我看到母亲一脸的幸福，阳光般灿烂。

毕业前，我写信告诉母亲我处女朋友了。母亲十分欢喜，很快寄来了一条红围巾。当我拿给女友时，她不屑地说："多

土啊，你看现在谁还围它？"女友说得没错，城里女孩子，几乎没有一个围这种围巾的。

后来，我跟女友的关系越来越淡，最后只得分手。那日，我问她："那条红围巾呢？""那破玩意儿我早扔了，你要，我可以再给你买一打。"我当然没有要一打，只是心里充满悲哀，为母亲那条无辜的红围巾。

后来当我和妻恋爱时，我送给她的第一件礼物，就是跟母亲那条一模一样的红围巾，并告诉她是母亲买的。妻很珍惜。

后来，母亲曾自豪地跟很多人说："一条红围巾，一下子就帮儿子拴住了一个好媳妇……"看着母亲那一脸的喜悦，我当然不能告诉母亲，这个媳妇不是用她那条红围巾"给拴住的"……

不过这有什么关系呢，我只要知道母亲是爱我的，而我能给予母亲的最大安慰就是——让母亲知道正是这爱成就了儿子的人生幸福，所以这三件事的真相我决定永远不告诉母亲。

积淀岁月的贺卡

◎ 王志安

　　教师节的前夕，一位山村中学女教师收到一件礼物——精美的贺卡。贺卡的画面上一株挺拔的翠竹，右下处还有一个破土而出的小竹笋呢。素雅的图案，氤氲出绿色的温馨。打开贺卡，女教师一怔：贺卡内侧工整地贴着一小页皱巴发黄的方纸片，纸片上是一首带着修改痕迹的小诗。这个特殊的祝福手法让她一时迷惑不解。她把贺卡翻转过来，见后面有三行遒劲的小字："这是您曾修改过的我的第一首小诗，也是我第一次发表的作品。感谢您，老师！永难忘怀，是您在我的心田播下了缪斯的种子，点燃我写作的激情！"

　　凝神落款上的名字，凝神皱巴发黄的纸片及纸片上这首修改涂抹的小诗，女教师努力地在回忆的海洋里打捞着，她终于回想起来了——

10年前的一个下午，她正讲物理课的时候，突然看见中排的一个学生，低着头趴在那里正飞快地划着什么。她悄悄来到这位学生身后——发现他正在写诗。高三可是高考冲刺的关键啊，竟然还有心思写诗？一股怒火从心里腾地升起！可她很快克制住了。是因为自己爱好文学的缘故，还是看到了那首小诗的题目？待这个学生发觉了站在身后的老师刚想用手去捂时，可那诗稿魔术般地早已被她捏在手里。女教师拿着那页纸片稍微犹豫了一下，便迅速地揉成纸团儿，装进口袋里。课外活动时，她把这个学生叫到办公室，平和地说："诗写得还可以啊，有灵性，也有激情。但必须注意，千万别影响学习呀！"

眨眼间，高考结束，一纸大学录取通知书飘到这位学生手里。女教师微笑着表示祝贺，说送他一件礼物——一份《中国青年报》。他不解地展开，蓦地一眼看见了自己的名字，看见了发表在"绿地"副刊上的诗作——《十八岁，扬帆起航》，自己的名字，自己的诗，第一次变成了铅字印在报上。而这首小诗正是数月前被女教师没收的那首小诗啊。"诗是我前段时间修改后给你投到报社的，两个月前就发表了，怕你分心，所以当时就没告诉你，稿费也收到了。"女教师边说着边打开抽屉，把那页修改后的底稿还有一张汇款单翻了出来，一同递给了他……

女教师凝神这枚精美的贺卡，凝神这页发黄皱巴的纸片，及10年前自己亲手修改过的这首小诗，脸上绽开了欣慰而灿烂的笑。

飞天圆梦记

◎ 佚 名

公元 2003 年 10 月 15 日清晨，东方既白，晨曦微露。中国酒泉卫星发射中心，这个有着美丽的胡杨林和奇特雅丹地貌的古老战场沸腾起来了。

这是一次英雄出征。这是中华民族历史上一次伟大的出征。

深秋的大漠，寒意袭人。问天阁前的广场上，已经站满了送行的人们。曾经和航天员朝夕相处的教练、专家们来了，"神舟"、"神箭"的研制人员们来了，举着鲜艳花束的少先队员来了，捧着乐器的军乐队员来了，穿着鲜艳民族服装的少女来了。大家怀着无比激动的心情和一个共同的期待，为英雄送行。

这一天，中国人已渴望了很久。这一刻，中华民族已等待

了千年。

5 时 28 分，身着乳白色航天服的首飞航天员杨利伟迈着从容而稳健的步伐，从问天阁航天员的专用通道，微笑着向大家走来。广场上奏响欢快的《迎宾曲》，人群中响起了热烈的掌声。

作为第一个进入太空的中国人，38 岁的杨利伟成为第 431 位进入太空的地球人。他来自辽宁绥中县，中共党员，大学文化程度，一级飞行员。有 1350 小时安全飞行经历，1992 年、1994 年两次荣获三等功，1998 年被选拔为中国第一代航天员。经过 5 年多系统的理论学习和挑战人体生理极限的训练，其综合素质完全具备航天飞行的要求。"总指挥同志，我奉命执行中国首次载人航天飞行任务，准备完毕，待命出征，请指示。中国人民解放军航天员大队航天员杨利伟。""出发！"载人航天工程指挥部总指挥李继耐庄重地下达命令，刚劲有力的话语中蕴涵着几多信任、几多期待。

"是！"随着杨利伟标准的军礼，中国第一代航天员的夺人风采，瞬间便定格在记者们的镜头里，定格在共和国的航天史册上，定格在人类征服太空的篇章中。

5 时 30 分，杨利伟深情地注视了一眼面前鲜艳的五星红旗，然后转身向停在旁边的专车走去。李继耐率总设计师王永志、副总指挥张庆伟等有关领导乘车随后。车队在 5 辆摩托车的护送下，穿过夹道欢迎的人群，向发射塔架驶去，中华民族

几千年的飞天梦想终于在这一天变成现实。

5 时 58 分，车队在发射架下停了下来。航天员杨利伟在一名教练员和医生的陪同下，走向塔架防爆电梯。

"神舟"报告："飞船舱内准备完毕，'神舟五号'可以进舱。" 6 时 15 分，振奋人心的口令声穿过茫茫太空传向北京指挥控制中心，传向游弋在浩瀚大洋的"远望"号测量船队，传向每个炎黄子孙的心中。

6 时 25 分，杨利伟郑重地在返回舱状态确认单上签下自己的名字，然后开始完成连接通信头戴、生理信号插头、供氧和通风软管、打开航天服通风机等一系列动作。

6 时 30 分，指挥大厅里传来了"'北京'，我是'神舟五号'，我听到的声音很好！"的报告，证明大回路天地话音工作正常。通过显示屏大家看到，杨利伟仰卧在座椅上，神情自若地对照飞行手册，有条不紊地进行状态设置。

离发射只剩下 40 分钟，环抱着飞船的第三组平台徐徐展开，乳白色的船箭塔组合体完全展露，飞船上的五星红旗图案格外耀眼醒目。

"各号注意，我是 0 号，30 分钟准备！"航天员调整好束缚带的松紧度。

随着发射时间一秒一秒逼近，每一道口令都将人们的心弦揪得紧紧的，每个人都可以听到自己急促的呼吸声。

"5 分钟准备！"航天员关上了面窗，整装待发。

"1分钟准备!"航天员充满信心地躺在特制的航天座椅上。

"10、9、8、……"

"点火——"

"起飞——"

2003年10月15日9时,大漠震颤,烈焰升腾,长二F火箭腾空而起,载着"神舟"号飞船和中国航天员飞向太空。

"逃逸塔分离"、"助推器分离"、"一、二级分离",好消息一个接一个传来。"抛整流罩!"

"神舟五号报告:舱窗打开!"火箭飞行200秒后,从太空传来杨利伟清晰洪亮的报告声,指控大厅立刻响起经久不息的热烈掌声。

"船箭分离成功。"大约10分钟后,北京中心综合东风中心、西安中心和处在日本以南海域的"远望一号"测量船的测量计算结果,传来了飞船准确入轨的精确参数:中国首次载人航天发射成功!

浩瀚的太空从此写下了中国人杨利伟的名字,中华民族千年的飞天梦想终于成真。

老师的眼泪

◎ 杨旭辉

上高中的时候，我们班只是个普通班，比起学校里抽出的尖子生组成的六个实验班来说，考上大学的机会不多，因此除几个学习好的同学很努力外，我们大多数人都只是等着毕业混个文凭，然后找个工作。

班上的班主任兼英语老师是个刚从师范学院毕业的学生，他非常敬业，每日催着我们学习学习再学习，作业作业再作业。但是说归说，由于许多人抱着破罐子破摔的想法。我们的成绩却仍然上不去，在全校各科考试中屡屡倒数。

直到高二的一次英语联考，张榜公布的我们班的成绩却破天荒地超过几个实验班的学生，这使我们接连兴奋了好几天。

发卷的时候到了，老师平静地把卷子发给我们。我们欣喜地看着自己几乎从没考过的高分，老师说："请同学们自己计算一下分数。"数着数着，我的分竟比实际分数高出 20 分，同学们也纷纷喊了起来，"老师我们怎么多算了 20 分"，课堂上乱了起来。

老师把手摆了一下，班上静了下来。他沉重地说："是的，我给每位同学都多加了 20 分，这是我为自己的脸面也是为你们的脸面多加的 20 分。老师拼命地教你们，就是希望你们为老师争口气，让老师不要在别的老师面前始终低着头，也希望你们不要在别的班的同学面前总是低着头。"

老师接着说："我来自山村，我的父母都去得早，上中学时我曾连红薯土豆都吃不起；大学放暑假，我每天到建筑工地拉砖，曾因饥饿而晕倒。但我就是凭着一股要强的精神上完了师院，生活教会我在任何时候都不能服输。而你们只不过分在普通班就丧失了信心，我很替你们难过。"

这时候教室里安静极了，我和我的同学们都低下了头。老师继续说："我希望我的学生们也做要强的人，任何时候都不服输，现在还只是高二，离高考还有一年多的时间，努力还来得及，愿你们不靠老师弄虚作假就挣回足够的分数，让老师能把头抬起来，继续要强下去。"

"同学们，拜托了!"说完，老师低下头，竟给我们深深地鞠了一躬。当他抬起头的时候，我们看到他的眼睛流出了泪水。

"老师，"班里的女生们都哭了起来，男生们的眼里也含满

035

了泪水。

那一节课，我们什么也没有学，但一年后的高考，我们以普通班的身份夺得了全校高考第一名。据校长讲，这在学校的历史上是从未有过的。

我们每一个学生都记住了老师的眼泪。

沉默是铁

◎ 晓 丹

小时候，老师给我的评语是：沉默听话，是个好学生。稍大一点，有长辈谆谆告诫：祸从口出，切记守口如瓶。我一直遵守沉默这个所谓中庸之道，将心扉紧紧锁闭，从不轻易开启。

大学毕业，我应聘到一家报社，跟着一个编辑做娱乐新闻，本来就对娱乐圈"发烧"的我显得比老编辑更能把握潮流，一个娱乐版被我做得活灵活现。

但因为从小养成的习惯，我很少在编辑会上说出我的想法。久而久之，我一在众人面前说话就脸红，后来就干脆不说了。遇到老编辑撤我的文章，也不说出我的编辑思想，就一味忍着。心想：反正活是我干的，不用说别人也知道。

我的顶头上司编辑部主任姓文，30多岁，是个怪人。日

常生活中，他显得平易近人，可是一旦牵涉到工作，他就变得六亲不认。但由于他能力突出，不论是策划、标题制作、文字编辑、新闻敏感、甚至美术设计排版等等，都自有一套学问，所以大家对他既尊敬又害怕。

他很关注娱乐这一块，虽然我也有被他骂得颜面无光的经历，但总的来说对于我们版面的进步他给予了很大的肯定。有几次，他很亲切地让我去他办公室谈心，交流工作体会，可是每次他问我在工作上有什么需要表达的观点没有，我的心就紧张得怦怦跳，关于如何把娱乐版做得更好的想法差一点就冲口而出——但每次我都是忍住了没说，切记沉默是金，切记祸从口出。

转眼半年过去了，其他和我一起来的年轻人都做出了一些成绩，惟独我还是默默无闻。由于我总把话闷在心里，别人并不了解我的想法，我编辑的稿子总是被撤。渐渐地，我开始怀疑自己的能力。

一次，文主任请我们这些年轻人吃饭，算是对我们半年来工作的一次肯定。酒过三巡，他变得激动了，敲着桌子对我说："你的前途渺茫啊。"喧闹的饭桌一下沉寂了，大家都看着我瞧我有什么反应没有，我虽然窘迫着红了脸，却没有反驳他。

"瞧，这就是你的毛病。"文主任说，"你才多大，学得这么老成，没有一点年轻人的锐气——你如果拍着桌子对我喊

'不要看扁我!'你就还有救!"他嘲讽地说："其实我知道你心里在想什么,你在想'没必要和这种人一般见识',对不对?"他的话确实是我心里想说的,我这才说了句实话："你怎么知道的?"大家哄堂大笑。

文主任也笑了："我刚参加工作的时候和你很像。"他说了自己的一段经历。

文主任的第一份工作是在一家杂志社做编辑,年轻的他连着策划一些主题文章,包括约重头稿件。但有一点,就是不善表达。

没过多久,一个提拔的机会降临在编辑部每位成员身上,杂志社要增加一个总编助理的位置。他心想,这个职位应该是非他莫属了。果然,领导找他谈话,让他说说对杂志的看法。他却作和事佬状,不愠不火地简单说了几点。他想着,没必要表达太多,反正工作都在那摆着。

没想到答案却出人意料,一个各方面能力都比他差好远的人被提拔了上去。领导当面告诉他,通过那次谈话,感觉他没什么想法,才做出这个决定的。文主任这时候才知道自己吃了哑巴亏。

从那以后,他深深明白了一个道理："不要以为自己的才华是谁也拿不走的,有才华一定要表达出来,要与人交流。否则,就像是一块埋在土里的金子,被厚厚的尘土埋没了光辉。"

在新的单位,他仿佛变了一个人,坚持自己的风格,直陈

自己的想法，工作十分出色。文主任说完了他的经历，望着我说："每一次我给你机会让你说说想法，你都不敢说，是你自己丧失了闪光的机会。"

那个夜晚，我收获了一条永远铭记在心的道理：任何一个满腹经纶胸怀大志的人，如果只会清高地沉默，那么机遇就会在你手指间消失得无影无踪。沉默很多时候是块铁，会白白葬送比金子更为可贵的机遇。

相　片

◙ 孙　犁

　　正月里我常替抗属写信。那些青年妇女们总是在口袋里带来一个信封两张信纸，如果她们是有孩子的，就拿在孩子的手里，信封信纸写起来并不方便，多半是她们剪鞋样或糊窗户剩下来的纸，亲手折叠成的。可是她们看得非常珍贵，非叫我使这个写不可。

　　这是因为只有这样，才真正完全地表达了她们的心意。那天一个远房嫂子来叫我写信给她的丈夫，信封信纸以外，还有一个小小的相片。

　　这是她的照片，可是一张旧的、残破了的照片。照片上的光线那么暗，在一旁还有半个"验讫"字样的戳记。我看了看照片，又望了望她，为什么这样一个活泼好笑的人，照出相来，竟这么呆板阴沉！我说：

"这相片照得不像！"

她斜坐在炕沿上笑着说：

"比我年轻？那是我二十一岁上照的！"

"不是年轻，是比你现在还老！"

"你是说哭丧着脸？"她嘻嘻的笑了，"那是敌人在的时候照的，心里害怕的不行，哪里还顾得笑！那时候，几千几万的人都照了相，在那些相片里拣不出一个有笑模样的人来！"

她这是从敌人的"良民证"上撕下来的相片。敌人败退了，老百姓焚烧了代表一个艰难时代的良民证，为了忌讳，撕下了自己的照片。

"可是，"我好奇地问，"你不会另照一个给他寄去吗？"

"就给他寄这个去！"她郑重的说，"叫他看一看，有敌人在，我们在家里受的是什么苦楚，是什么容影！你看这里！"

她过来指着相片角上的一点白光："这是敌人的刺刀，我们哆哩哆嗦在那里照相，他们站在后面拿枪刺捅着哩！"

"叫他看看这个！"她退回去，又抬高声音说，"叫他坚决勇敢地打仗，保护着老百姓，打退蒋介石的进攻，那些受苦受难的日子，再也不要来了！现在自由幸福的生活，永远过下去吧！"

这就是一个青年妇女，在新年正月，给她那在前方炮火里打仗的丈夫的信的主要内容。如果人类的德行能够比较，我觉得只有这种崇高的心意，才能和那些为人民的战士的英雄气概相当。

第十一位

◎ 佚　名

这是一个真实的故事。

在一个偏远的小山村，有一所学校，因为各方面条件极差，一年内已陆续走了七八位教师。

当村民和孩子们依依不舍地送走第十位教师后，就有人心寒地断言：再不会有第十一位教师留下来。

乡里实在派不出人来，后来只好请了一位刚刚毕业等待分配的女大学生来代一段时间课。不知女大学生当初是出于好奇或是其他什么原因，总之很快和孩子们融洽地生活在一起。

3个月后，女大学生的分配通知到了。村民们只好像以往十次那样带着各家的孩子去送这位代课教师。

谁知，无法预料的情形发生了——那天，代课老师含泪走下山坡的那一瞬间，背后突然意外地传来她第一节课教给孩子

们的古诗：

> 离离原上草，
>
> 一岁一枯荣。
>
> 野火烧不尽，
>
> 春风吹又生。

那背诵的声音久久回荡，年轻的代课教师回头望去，二十几个孩子齐刷刷地跪在高高的山坡——没有谁能受得起那天地为之动容的一跪。孩子们目光中蕴涵的情感，顷刻间让她明白：那是孩子们对知识的渴望和纯真而无奈的挽留啊！

代课教师的脚步凝重了。她重新把行李扛回小学校。她成了第十一位老师。往后的日子她从这所小学校里送走了一批又一批孩子去读初中、高中、大学……这一留就是整整20年。

我听到这个故事的时候，正是女教师患病送往北京治疗的时间。我一直想去探望她，但因为种种原因没能成行。

我终究没能见到这位乡村女教师。当我终于有机会来到这所小学校时，已有一位男教师来接她的班。新来的教师对我说：她患了绝症，从北京回来的只是她的骨灰。我看到她的骨灰装在一个红色的木匣里，上面没有照片。

临行时，这位男教师还告诉我，这所学校没有第十二位教师的说法。无论以后谁来接班，永远都是第十一位。这是所有能在这里工作的教师的光荣，他说。还有就是这所小学校有一条不成文的规定。是什么，他没有立即告诉我，当时只是微微

笑着对我说：明天早晨，你就会知道。

第二天，我早早从距小学校几里远的招待所起来，刚刚爬到院墙外那座高高的山坡，就远远地听到白居易那首熟悉的诗句：

> 离离原上草，
>
> 一岁一枯荣。
>
> 野火烧不尽，
>
> 春风吹又生。

我想起，今天是新生开学的第一课。

雪 的 罪 过

◎ 晓 晓

雪，来得太突然了。莽莽的山林还五彩斑斓着，像好不容易铺展开的偌大的彩绸，雪就下来了，铺天盖地般。

学校窝在山坳坳里，方圆几十里内没有人家，也就是说，离家最近的学生起码也得走上几十里曲曲弯弯隐没在荒草山坎中的小路。可今天，总共二十来个学生已小鱼一样游进了四面八方的山野，转眼不见了踪影。刚才还热热闹闹挤满琅琅书声和笑语的两间校舍，一下子沉寂下来。

我咬着牙，勉勉强强站直身体，欲迈出艰难的第一步。扑通一声，我跌倒在地上。该死的脚，你怎么偏偏这个时候扭伤了呢？小菊老师见我趴在地上，费了好大劲才把我搀扶起来。要在平时，我是断然不会让她帮我的。因为，论年龄，她不过比我大四五岁，如果不是我入学太迟，怎么着也不会是她的学

生。挂着班长头衔的我，本应起到模范带头作用，却压根不听小菊老师的话，甚至带头和她对抗，常常使她下不了台阶。我能看得出来，她拿我毫无办法，谁让她是比我大不了多少的黄毛丫头呢？若不是这深山老林里的简陋村办小学留不住老师，怎么也轮不到她来代课。

望着越来越暗的天空，我心急如焚。那远在几十里外的家，我怎么才能回去？小菊老师伸手将额前的一绺头发向后理了理，看着我说："我背你回家吧。"

我的脸一下子红了，忸怩了一下，急切地摇了摇头。就她那单薄瘦弱的身体背我？我不敢想象。就是她背得动我，我也不会要她背。小菊老师似乎看出了我的心思，只见她抿了抿嘴唇，一弯腰，蹲在了我面前，把那瘦削的脊背给了我。半天不见我动弹，她急了，侧过身，硬把我往她背上拽。摇摇晃晃地，她背着我站了起来。大约走出 20 米远，我再也受不了她的大口喘气和拼着命也无法控制的摇晃，稍稍一挣，她和我一起摔在了地上。

夜来了，吞没了一切。雪，仍然很大，纷纷扬扬的，远远近近已看不出远和近了。在小菊老师小小的用玉米秸墙隔离出来的卧室里，我和她就那么围着火炉坐着。这场雪太突然了，我们的衣服根本不足以抵御骤然到来的寒冷。而一个星期才回一趟家的小菊老师身边，除了一床薄薄的棉被，再无多余的御寒衣物。我和她不约而同地拿起课本，或是干脆竖起耳朵，听

室内火苗的噼啪之响。学校是破庙改成的，屋顶有太多的缝隙，时不时飘进雪花。真不敢想象，平时小菊老师孤零零一个人怎么在这里过夜的。

当小菊老师站起来去抱柴的时候，她的脸上像冻住似的凝固了。木柴没有了，意味着熊熊燃烧的给了我们温暖的火，将很快消失。寒冷极快地侵袭了我们。小菊老师突然笑笑，对我说："你睡吧，用被子裹住会好些。"

我摇了摇头："还是你睡吧，我不冷。"不知怎么，我说话的口气比平日柔和了许多。虽然，话音有些发颤，却坚定不移。小菊老师再一次笑了，露出一对雪白的小虎牙。"别充男子汉，冻坏了，我可交不了差。"顿了顿，她又说，"我有个弟弟，跟你挺像的，也这么倔强好胜。来，我们俩都到床上去，盖着棉被总暖和些。"

我迟疑着没动。长这么大除了母亲和姐姐，我没跟其他女性睡过一床。就是冻死，我也不干！这么想着，我缩了缩，努力蜷成一团。小菊老师的脸板了下来，严肃地说："别忘了，我是老师。相当于你的……姐姐，不，是母亲！"

也许是我再也无法抵挡寒冷，也许是小菊老师态度坚决，也许我真的把她当做姐姐了，总之，我被她扯上了床，我们都裹在了那一床薄薄的棉被里。虽然还不算太暖和，但已经好了许多。不知不觉地，我们都睡着了……

迷迷糊糊之中，感觉有人用力地打门，和着高声的叫喊。

小菊老师一个激灵坐起身，去开门。是我的父母和两个乡邻找来了，他们进门的一刻，有些发蒙，好像有疑问无法得到解答。

第二天开始，我脱胎换骨般地安静下来，听话起来，而小菊老师的脸色却日渐凝重，笼罩着一层忧郁，像是有了无数的心事。同学们有了窃窃私语——关于小菊老师和我的，一见到我或小菊老师，就缄口不语。时间不长，有学生家长到学校来，也说不清有什么事，这里看看，那里瞅瞅，伸头缩脑一番，就又走了。

大约两个星期后，小菊老师不见了，代替她的是一个弯腰驼背的老头，没人认真听讲，他也不管，只顾摇头晃脑讲他的课。我曾想打听小菊老师家在哪里，却没敢开口。不久，我就随在城里工作的舅舅离开了家，也离开了窝在深山里的那所村子。从此，小菊老师只清晰地刻印在了我的心里，直到今天。

她是一个好老师，没人可代替她在我心中的神圣位置。

父亲的斧头

◎ 佚 名

一把斧头完成的最后一道工序是淬火。

父亲的习惯是把一把刚刚淬过火的崭新斧头钳起来，将斧头对准砧子后的那尖角，在那上面用力啃一啃，看这把斧头的钢口如何，它能否吃得动这铁。

正因为这样，那只砧子的尖角斧痕累累，刚刚削过的新痕泛着银白。而那把父亲才试过后用力抛在地上的斧头还很烫手，新斧头发着蓝光。

这时候，父亲瞅一眼躺在前面的斧头，一只脚踩在砧墩上，端起那只水烟锅，咕嘟咕嘟抽起烟来。而此时，我就能歇歇手，赶快离开打铁铺，跑到大门外边去。我始终想远离这叮当作响的日子，跑到外面的世界闯荡。那时候我像一把刚刚打造好的斧头，准备磨快刀子，等待机会，狠狠砍生活两斧头。

一次，放了暑假，父亲要我给他搭下手，打造一批镰刀。满山遍野的庄稼都黄了，都在等待镰刀来收割。人们需要镰刀，庄稼更需要镰刀，金黄的麦子都张了口，几乎要叫出声来。父亲心里很着急。我不在乎这些，我想我的事。

我对父亲说，我不想打镰刀，我想去采药。我想象着采到了一大麻袋药。那时候我们那里的秦艽正在卖着好价钱，我想自己挣回自己的学费。我觉着打镰刀挺费事的。

父亲并没有反对我去采药。他说，去吧，去干你爱干的事。

其实，我不知道什么是我爱干的事。比如说父亲，打一把斧头，打一把镰刀，然后抽一锅水烟，临睡时喝二两烧酒。这些他都肯定爱干，而且每样都干得从容不迫。我呢？截止那一个秋天，还没有干成一件事。我总是喜欢想入非非。

我打定了主意去采药。我在离家二十里的山上转悠了三天就没有耐心了。别人总在低头工作，而我却怎么也找不到药，那些长在灌木中的药材总是与我擦身而过。

二十里外我似乎听到父亲锻打镰刀的声音。我想，那些刚刚打好的镰刀正被它的主人磨得锋利无比，一把把镰刀正伸向成熟的麦子。

父亲打完了镰刀，紧接着又开始打造斧头。父亲的斧头总是供不应求。

我垂头丧气地站在父亲面前，父亲一声不吭，他钳起一把

刚淬过火的斧头，在砧子上狠狠啃了两下。

　　这时候，我确实该为我自己羞愧了。我不能眼看着自己这把刚出炉的斧头就这样白白地锈掉，然后当废铁处理掉。我总得好好用上两下子，砍出两道新印子。父亲打造了大半辈子钢口很硬的斧头，不能败在我这把斧头上。

终 课 无 语

◎ 林斤澜

我上中学的时候，初一、初二有美术课，到初三就没有了。有时也不是每周一节，是隔周两节，连排在星期六下午。可见这门课的地位实属"敬陪末座"。

但担任这门课的老师，却是地方上有名气的苏先生。苏先生有西画底子，又在国画上做功夫。他皮肤白嫩，稍胖，细眼睛，常穿深色丝绸长衫，软底鞋，不爱说话，走路几无声响。

平日不到学校里来。星期六中午来了，从不进教员休息室，悄悄钻进总务处一个小职员房间里。这小职员是他的小同乡或是亲戚。到了下午上课铃响了，才能看见他从小房间里出来，细眼似柳，白面如桃，一种微醺状态。

当年我们那个中学，是地方上最高学府，美术有画室，音乐有琴室，理化课还有阶梯式实验室。

苏先生轻悄悄走进美术教室，穿过个个画架，走到前边，从丝绸长衫袖筒里掉出一个花瓶，摆在讲台桌上。一句话也不说，我们也自管在画架上涂涂抹抹。苏先生也找个画架，若是有空闲，他随便拿个本本垫着，也画花瓶。有时候走到学生身边看看，随手改上几笔，确实，三下两下，画面就不一样了。

班里有个女生"天生丽质""初长成"，女生画花瓶，苏先生画女生。男生们一发现，一个个溜到苏先生背后围观，本来这种事情会引发恶作剧的，但，没有。先生画得美。美可以征服顽童吗？不一定，但美可以叫顽童一时不起恶作剧念头。

画时画罢，都是默然，那位女生也无可作态。

老话说"终席无一语"，说的是酒筵场面，已算得奇特。教员上课，俗称吃的开口饭，苏先生竟可以"终课无一语"。

同学对苏先生也没有意见，一来这堂课原是饭桌上的"凑盘"名目，二则先生的判分办法别具一格。

期终他抱着应考画卷，走进那个小房间，关上门，就朝前一抛，纷纷落地。然后弯腰从脚边拾起，一一拾到远处，就照这个顺序判分，不过都在八十分上下，大家都过得去。

此事据说是那个小职员酒后走漏的消息，大致可靠。

苏先生终究不合时宜，后来命运"丢跌"。不过一直是地方上有名气的人物，他总还保留点美。

他的美是静默的、阴柔的，可以说是出世的，没有多少光彩，却有蹭蹬存活的元气。

棋　　手

◎ 王安云

　　一串清脆的自行车铃声打破了街心花园的安谧。这里布满了象棋摊，各式各样的棋手正在悠然地消闲，一些人则围在一边观看鏖战。有位卷发的青年已经蹲着好长时间了。

　　此刻，宁静的氛围被铃声打碎了。正在下棋的人们皱拢了眉头。卷发青年诧异地站起身来，只见一个穿夹克衫的小伙子哼着小曲，指尖上甩着车钥匙，挤进了人丛。他信步踱过一副副棋摊，嘴里不停地说："大老李，你的马不行了，让兄弟帮你一招怎么样？"说着就去抓马。

　　大老李恼怒地拨开小伙的手说："你，你别捣乱行不行？"小伙嬉笑着说："怪不得你老是臭棋水平，一点也不虚心。"大老李气得手直发抖。小伙子做了个鬼脸，转到别处去了。大老李使劲啐了一口。

一会儿，别的棋摊上又响起了小伙的声音："出车呀！快架炮！""臭棋。拉倒啦……"许多棋手不由相视苦笑。

观棋的卷发青年悄悄问大老李："这小伙是什么人？"大老李一撂棋子说："前面一家厂里的工人。打从这儿有棋摊后，整天来指手画脚，可我们又实在下不赢他。其实我们又不是来输赢的，只是消遣而已。"正说着，那小伙又转了回来，嘴里唱了起来："大老李不行喽。"大老李一气之下搅乱了棋盘。

卷发青年柔和地对小伙说："我们旁观者还是别说话吧！"小伙一愣，上下打量了青年一番说："嗬，口气不小。"说罢硬要拉他对弈。卷发青年窘得满脸绯红，连连推辞。那小伙却只顾在红方摆起棋来。人们都收拢了棋摊，那期待的目光似乎是说："下一盘嘛。"卷发青年被人连推带摁坐了下去。四周安谧极了。

也不知道卷发青年是怎样出招的，只见几个回合后，那小伙虽说兵将齐全，却难以动弹了，因为几乎每动一子就会给对方吃掉，豆大的汗珠沁出小伙的脑门。卷发青年默默地审视着小伙。小伙子羞愧地说："您在哪儿工作？"卷发青年淡然一笑说："我是一个外乡人，以前和你一样，后来才懂得人生处处有我师。"

说着，卷发青年拿出了红色的证件，上面清晰地写着国家象棋二队的字样。棋手们都惊讶了，那个小伙彻底垂下了头。

邀居的左腿

◙ （奥地利）布兰德施泰特

　　我们家的邻居名叫约翰·迈因德，是一位农艺师，装着一条木制的假腿。他的左腿是在第一次世界大战中受伤截掉的。战争年代里我们的这位邻居去服役，那时候他无忧无虑，在那次发生在石灰岩中间的战斗里，被一名意大利敌军击中了左腿。邻居告诉我们说，后来腿上照例显出一块伤痕，全都呈蓝黑色，他疼得禁不住大声呻吟起来。他以为自己可能要发疯了。卡瓦莱塞战地医院的军医却对我们那位邻居说，别像疯子似的大喊大叫，伤腿必须锯掉，或者用拉丁话说截除，手术二十分钟就完毕。打这以后，邻居就拖着一条有血有肉的腿和一条梨木制成的腿，靠向国家领取一小笔照顾残废人的养老金过活。他的左腿中间不能弯曲，这太遗憾了。邻居说，眼下时兴一种中间可以弯曲的机器假腿，但他已经老迈，不适用了。他

说，装一条假腿对我来说是不值得的了。而且机器假腿花费太多，像他这样的人已不在考虑之列。有一回我悄悄地朝邻居家窗内窥伺，瞧他如何安装左腿。这一看真叫人大开眼界：木腿上端有一块皮软垫，拿它来系住皮带，好似裤背带，但又比裤背带宽得多，上面还附有一些带扣。当他穿着裤子的时候，什么也看不见，人们只能猜测里面的假腿会是什么样。

邻居的左腿虽然早在卡瓦莱塞战地医院的园子内找到了永恒的安宁，但他至今却一直不曾安宁过。风湿性疼痛时常作怪。邻居说，这时候他就知道天气即将骤变。这是大自然的一个了不起的秘密，然而科学证明这是毋庸争辩的事实。邻居说，战时到现在好多年过去了，他对梨木做的假腿也早已习惯，因而对这个损失不再扼腕痛惜，不过在那块什么也没有了的地方还是隐隐作痛——当然只是在气温骤跌的前夕才这样。

我父亲讲，邻居的左腿预报天气远远比晴雨计精确，他常常唠叨，晴雨计与邻居的左腿相比简直就算不了什么。人们对这条假腿尽可放一百个心。父亲说，邻居的左腿还不曾出过差错哩，比电台里播送的气象预报可靠得多了。古老的农谚虽说也满不错，可它从没有赶上邻居的左腿那么灵验。我们对它真是感激不尽哪，父亲说，因为天气在农业中起着举足轻重的作用，庄稼人是露天作业，靠天吃饭，必得知道是该收割了呢还是等一等更妥当。我父亲说，一场战争不是什么千载难逢的稀罕事，它自食其果，留给自身一个小小的创伤。谁都不应该赞

美战争，而且远胜于一场战争的自然不是另一场战争，而是和平。人们大可不必希望发生战争，我父亲说道。当年邻居失去左腿对他也是一个沉重的打击。可是这件事今天看来在某种意义上倒成了一个例外，我们很高兴有了他这条木制左腿，因为这么一来全村的人都知道会遇上什么天气和该怎么办了。我父亲讲，倘使邻居的左腿也是有血有肉的话，那么尼斯丁的农业就不可能如此发达了。

仅次于人的动物

◎ 毕淑敏

仅次于人聪明的动物，是狼。北方的狼。南方的狼什么样，我不知道。不知道的事咱不瞎说，我只知道北方的狼。

一位老猎人，在大兴安岭蜂蜜般粘稠的篝火旁，对我说。猎人是个渐趋消亡的职业，他不再打猎，成了护林员。

我说，不对，是大猩猩。大猩猩有表情，会使用简单的工具，甚至能在互联网上用特殊的词汇与人交谈。

我没见过大猩猩，也不知道互联网是什么东西。我只见过狼。沙漠和森林交界地方的狼，最聪明。那是我年轻的时候啦……老猎人舒展胸膛，好像恢复了当年的神勇。

狼带着小狼过河，怎么办呢？要是只有一只小狼，它会把它叼在嘴里。若有好几只，它不放心一只只带过去，怕它在河里游的时候，留在岸边的子女会出什么事。于是狼就咬死一只

动物，把那动物的胃吹足了气，再用牙齿牢牢紧住蒂处，让它胀鼓鼓的好似一只皮筏。它把所有的小狼背负在身上，借着那救生圈的浮力，全家过河。

有一次，我追捕一只带着两只小崽的母狼。它跑得不快，因为小狼脚力不健。我和狼的距离渐渐缩短，狼妈妈转头向一座巨大的沙丘爬去。我很吃惊。通常狼在危急时，会在草木茂盛处兜圈子，借复杂地形，伺机脱逃。如果爬向沙坡，狼虽然爬得快，好像比人占便宜，但人一旦爬上坡顶，就一览无余，狼就再也跑不了。

这是一只奇怪的狼，也许它昏了头。我这样想着，一步一滑爬上了高高的沙丘。果然看得很清楚，狼在飞快逃向远方。我下坡去追，突然发现小狼不见了。当时顾不得多想，拼命追下去。那是我生平见过的跑得最快的一条狼，不知它从哪来那么大的力气，像贴着地皮的一只黑箭。追到太阳下山，才将它击毙，累得我几乎吐了血。

我把狼皮剥下来，挑在枪尖往回走。一边走一边想，真是一只不可思议的狼，它为什么如此犯忌呢？那两只小狼到哪里去了呢？已经快走回家了，我决定再回到那个沙丘看看。快半夜才到，天气冷极了，惨白的月光下，沙丘好似一座银子筑成的坟，毫无动静。我想真是多此一举，那不过是一只傻狼罢了。正打算走，突然看到一个隐蔽的凹陷处，像白色的烛火一样，悠悠地升起两道青烟。

061

我跑过去，看到一大堆干骆驼粪，白气正从其中冒出来。我轻轻扒开，看到白天失了踪的两只小狼，正在温暖的驼粪下均匀地喘着气，做着离开妈妈后的第一个好梦。地上有狼尾巴轻轻扫过的痕迹，活儿干得很巧妙，在白天居然瞒过了我这个老猎人的眼光。

那只母狼，为了保护它的幼崽，先是用爬坡延迟了我的速度，赢得了掩藏儿女的时间，又从容地用自己的尾巴抹平痕迹，并且全力向相反的方向奔跑，以一死换回孩子的生。

熟睡的狼崽鼻子喷出的热气，在夜空中凝成弯曲的白线，渐渐升高……

狼多么聪明！人把狼训练得蠢起来，就变成了狗，单个的狗绝对打不过单个的狼，这就是我想告诉你的。老猎人望着篝火的灰烬说。

后来，我果然在资料上看到，狗的脑容量小于狼。通过训练，让某一动物变蠢，以供人役使，真是一大发明啊。

老 院 子

◎ 侯 腾

每逢遇上满天星斗的夏夜，耳旁总会回响起奶奶家院子里的说话声。我总会透过朦胧的夜空，看见一群光着上身穿着裤衩的小男孩在清爽的夜风中搂着一根根小竹凳，蹦蹦跳跳地从屋子里走出来，斜躺在大人的怀抱里，入神地倾听亲人们有趣谈笑的场面。童年时代的我总是他们其中的一员。踏着儿时的梦想，我又回到了这个老院子。

在绿油油的麦苗田间穿过一条青青的石板路，潺潺的流水顺着路边的水沟流向稻田旁的菜园。园子里，时常可以看见一位花白头发的老人，弯着腰摆弄着一棵棵幼小的蔬菜，鲜红的番茄、碧绿的青菜、长长的丝瓜、大肚皮的南瓜等等，都是我们小孩子的最爱。

走过这条石板路，就来到了奶奶的宅院边，两个金黄的草

垛高高地屹立在我们的眼前。小时候这里可是我们的乐园，我们常常在草垛上爬上爬下，偶尔还会意外地拾到几个鸡蛋鸟蛋什么的，就着现成的谷草，用石头垒一个简易的小灶，十几双眼睛骨碌碌地盯着被烟灰熏得面目全非的蛋，等待着"司令"的一声令下，然后，迫不及待地扑上去争着、抢着，让滚热的蛋轮换着在一群小伙伴的手中传来传去，最后在每个人的嘴角边留下一轮轮漆黑的小圆圈。记得有一次，我与小伙伴捉迷藏躲在草堆里，太阳暖烘烘地照在我的身上，一不小心我睡着了。直到太阳落山、夜幕降临时，直到田野里响起此起彼伏的蛙鸣，院子里又响起一片的谈笑声，父母才发觉我失踪了。院子里大大小小的人举着火把，拧着油灯，在田野里、菜园边大声地呼唤了好久好久，我终于被气急败坏的大人们从甜美的梦乡中揪出来。

告别温馨的草垛，来到小院中间。小院其余三面都被高的矮的房屋环抱着，里面分别住着我的太奶奶（爷爷的妈妈）、我的爷爷奶奶、我的叔叔婶婶，还有一群快乐的小伙伴。这些房屋红瓦、黄墙，有的已历经好几个朝代，有上百年的历史。在这里，我可以看到过道上灰白的大石，轻轻一摸，一层细砂"扑扑"地直往下掉。抬起头，朱红的屋檐下，一只大蜘蛛拖着长长的尾丝从浑黄的墙壁上垂下来，欢迎着我的到来。幼时的我总喜欢抱着这根大柱子转圈，特别是过生日那天，大人们总会看着我围着柱子转了一圈又一圈。爷爷时常这样告诉我，

他说，生日那天围着柱子转圈，一年的时间很快就会过去，我就会很快长大的。柱子基部的石头上，到现在都还残留着一轮一轮的小石梯，那是爷爷为了我们安全玩耍而精心设计打凿的。

院子中央一口大水缸，缸里装满了水，清清亮亮的。一块长满青苔的大石头就立在缸边，看着看着，我似乎看到自己跪在缸边，撩起一阵阵雪白水花与小朋友儿打水仗的场面。我想，小时候我玩水的样子一定特别可爱。

围着老院子转了一圈，我就要离开它了。我看着长满青苔的地坝、灰白的柱子、年久未修的房屋，翻开所有长在地上的青苔，试图找出一条蚯蚓、一只蟋蟀，试图再找出一点童年的痕迹，却什么也没有。我后悔了，后悔破坏了这道美丽的风景线。

点灯的人

◎ 方苹

五年前，我走出大学校门，成了县三中的一名教师。

虽然，我每天站在讲台上，但我却无时无刻不在找机会调离学校。然而不久后发生的一件事却彻底改变了我。

那是第二学期开学不久，学校因面临同行间的竞争，抓得很严，身为班主任的我，每天不但白天要上四、五节课，晚上还得加班。从学校到我的住处中间里经过一条长长的小巷，小巷一到晚上九点便很少有人走动，加上小巷两边大多是人家高高的侧墙，因此更显得阴森恐怖。每次走到那里，我都不由心跳加快，猛蹬脚下的车轮，生怕半道上杀出个"程咬金"。

那天，我又拐进小巷，刚想一路猛冲时，突然发现小巷的中间亮起了一盏明亮的灯。我的心一下子踏实下来。起先，我以为只是偶然碰上那家主人有事外出，所以他的家人故意让路灯亮

着。后来，我发现自己错了，那里原来根本没有路灯。所谓路灯，只不过是那家窗户上挂着的一个灯泡。而且从那以后，每次下晚班回来拐进这条小巷，我都能看见那盏温暖的灯光。

　　点灯的人，你从哪里来？

　　在何处栖身？

　　有没有妻儿、母亲等着你回家。

　　每次读着普鲁斯特的这首诗，我就想：在这漆黑的夜里，在这深深的巷中，是谁为夜归的路人点起了这一盏温馨的灯光？

　　一个晴朗的假日，我终于敲响了那盏灯旁边的一扇窄窄的小门。开门的是一位年近花甲且双目失明的老人。在我的惊愕中，老人问我找谁？当我结结巴巴地把一个下晚班的女教师与那盏灯的故事告诉他时，老人舒展开满脸的皱纹笑了。

　　"其实，你不该感谢我，应该感谢的是他们！"

　　"他们？""是他们。"老人说着朝我抬了抬脸，两只什么也看不见的眼睛朝上翻动着，好像证实他说的是心里话。

　　我一生下来就是个瞎子。半岁时，父亲狠心弃我和母亲而去，在贫苦的孤独中，我们母子一直相依为命。两个月前，母亲也永远离开了我。虽然知道那是人必然的归宿，但我还是感到万念俱灰，我搬回这幢老屋，想在这里静静地离开这个给予我太多苦难的世界。那晚，也就是我准备离去的晚上，不知为什么，我第一次拉亮了房里的那盏灯，突然，我听到窗外有人

对我说：

"真谢谢你！否则，我一定踩进旁边的下水沟里了。"是一位老太太的声音。不一会，又是有两个女学生骑车从我窗前急急而过。她们送给我一串清脆的铃声，其中一个说："我觉得这是世界上最美的灯光……"

就这样，我静静地躺在床上，不时地听到窗外人们对我、对那盏灯的赞美。自痛失慈母后，我以为自己已流不出一滴眼泪，但那一刻，我却忍不住热泪盈眶。于是我放弃了自杀的念头，因为我觉得，在这个世界上自己已不再孤独，而且似乎还有人需要我。

从此以后，我就把房里的那盏灯拴到了窗户上并每晚从八点到十点半都让它亮着。而我也就每天聆听着行人对我的赞美和感激，一天天心情欢快舒展起来。我再不觉得生活毫无意义，因为每晚我要去点亮那盏灯。老人轻轻咂了一下瘪下去的嘴，脸上洋溢着幸福的光芒。

"所以你不要感谢我，而应该去感谢窗外那些点亮我心中那盏灯的人。正是他们的赞美和爱才使我觉得生活的意义。也才有你旅途上那盏小小的灯啊！"

一路上，我久久回味着老人那深谙哲理的话。是啊，在人生的旅途中，我们为别人，其实也是为自己点亮了那盏幸福的灯！

那么，我也该踏踏实实地去做一名点灯的人。点亮那些莘莘学子们心中希望的灯。

父亲的爱

◨ （美国）艾尔玛·邦贝克

爹不懂得怎样表达爱，使我们一家人融洽相处的是我妈。他只是每天上班下班，而妈则把我们做过的错事开列清单，然后由他来责骂我们。

有一次我偷了一块糖果，他要我把它送回去，告诉卖糖的说是我偷来的，说我愿意替他拆箱卸货作为赔偿。但妈却明白我只是个孩子。

我在运动场打秋千跌断了腿，在前往医院途中一直抱着我的，是我妈。爹把汽车停在急诊室门口，他们叫他驶开，说那空位是留给紧急车辆停放的。爹听了便叫嚷道："你以为这是什么车？旅游车？"

在我生日会上，爹总是显得有些不大相称。他只是忙于吹气球，布置餐桌，做杂务，把插着蜡烛的蛋糕推过来让我吹

的，是我妈。

我翻阅照相册时，人们总是问："你爸爸是什么样子的?"天晓得！他老是忙着替别人拍照。妈和我笑容可掬地一起拍的照片，多得不可胜数。

我记得妈有一次叫他教我骑自行车。我叫他别放手，但他却说是应该放手的时候了。我摔倒之后，妈跑过来扶我，爹却挥手让她走开。我当时生气极了，决心要给他点颜色看。于是我马上爬上自行车，而且自己骑给他看。他只是微笑。

我念大学时，所有的家信都是妈写的。他除了寄支票外，还寄过一封短柬给我，说因为我没有在草坪上踢足球了，所以他的草坪长得很美。

每次我打电话回家，他似乎都想跟我说话，但结果总是说："我叫你妈来接。"

我结婚时，掉眼泪的是我妈。他只是大声擤了一下鼻子，便走出房间。

我从小到大都听他说："你到哪里去? 什么时候回家? 汽车有没有汽油? 不，不准去。"爹完全不知道怎样表达爱。除非……

会不会是他已经表达了而我却未能察觉?

贝多芬的童年

◙ （法国）罗曼·罗兰

鲁特维克·范·贝多芬，一七七〇年十二月十六日生于科隆附近的篷恩，一所破旧屋子的阁楼上。他的出身是弗拉芒族。父亲是一个不聪明而酗酒的男高音歌手。母亲是女仆，一个厨子的女儿，初嫁男仆，夫死再嫁贝多芬的父亲。

艰苦的童年，不像莫扎尔德般享受过家庭的温情。一开始，人生于他就显然是一场悲惨而残暴的斗争。父亲想开拓他的音乐天分，把他当作神童一般炫耀。四岁时，他就被整天的钉在洋琴前面，或和一架提琴一起关在家里，几乎被繁重的工作压死。他的不致永远厌恶这艺术总算是万幸的了。父亲不得不用暴力来迫使贝多芬学习。他少年时代就得操心经济问题，打算如何挣取每日的面包，那是来得过早的重任。十一岁，他加入戏院乐队；十三岁，他当大风琴手。一七八七年，他丧失

了他热爱的母亲。"她对我那么仁慈，那么值得爱戴，我的最好的朋友！唉！当我能叫出母亲这甜蜜的名字而她能听见的时候，谁又比我更幸福？"她是肺病死的；贝多芬自以为也染着同样的病症；他已常常感到痛楚；再加比病魔残酷的忧郁。十七岁，他做了一家之主，负着两个兄弟的教育之责；他不得不羞惭地要求父亲退休，因为他酗酒，不能主持门户；人家恐怕他浪费，把养老俸交给儿子收领。这些可悲的事实在他心上留下了深刻的创痕。他在篷恩的一个家庭里找到了一个亲切的依傍，便是他终身珍视的勃罗宁一家，可爱的爱莱奥诺·特·勃罗宁比他小两岁。他教她音乐，领她走上诗歌的路。她是他的童年伴侣；也许他们之间曾有相当温柔的情绪。后来爱莱奥诺嫁了韦该勒医生，他也成为贝多芬的知己之一；直到最后，他们之间一直保持着恬静的友谊，那是从韦该勒、爱莱奥诺和贝多芬彼此的书信中可以看到的。当三个人到老年的时候，情爱格外动人，而心灵的年轻却又不减当年。

贝多芬的童年尽管如此悲惨，他对这个时代和消磨这个时代的地方，永远保持着一种温柔而凄凉的回忆。不得不离开篷恩，几乎终身都住在轻佻的都城维也纳及其惨淡的近郊，他却从没忘记莱茵河畔的故乡，庄严的父性的大河，像他所称的"我们的父亲莱茵"；的确，它是那样的生动，几乎赋有人性似的，仿佛一颗巨大的灵魂，无数的思想与力量在其中流过；而且莱茵河流域中也没有一个地方比细腻的篷恩更美、更雄壮、

更温柔的了，它的浓荫密布，鲜花满地的坂坡，受着河流的冲击与抚爱。在此，贝多芬消磨了他最初的二十年；在此，形成了他少年心中的梦境，——慵懒地拂着水面的草地上，雾雾笼罩着的白杨，丛密的矮树，细柳和果树，把根须浸在静寂的湍急的水流里，——还有是村落，教堂，墓园，懒洋洋地睁着好奇的眼睛俯视两岸，——远远的，蓝色的七峰在天空画出严峻的侧影，上面矗立着废圮的古堡，显出一些瘦削而古怪的轮廓。他的心对于这个乡土是永久忠诚的；直到生命的终了。他老是想再见故园一面而不能如愿。"我的家乡，我出生的美丽的地方，在我眼前始终是那样的美，那样的明亮，和我离开它时毫无两样。"

生命的眼神

◙ （法国）于 媚

我十一岁那年，只走过人生八个春秋的弟弟，竟撒手人寰。八岁的人生实在有限，更何况弟弟因小脑先天不足，从生到死，从来没有站起来过一天。

算是苍天有眼，瘫痪的弟弟比同龄孩子更聪明、更懂事。三岁那年，他躺在炕上，竟能分辨出几十米以外，是爸爸推开了小柴门还是妈妈。见到家人，弟弟总是高兴得"手舞足蹈"，毛茸茸的大眼睛笑得弯弯的。最难能可贵的是，无论谁服侍他，年幼的弟弟都会心存感激。因此，家里上到年迈的奶奶，下到年少的我，谁也没有嫌弃过他。虽然，他给我们带来无数的"麻烦"，而实际的情况是，弟弟流露出的那种感激越多，我们对他的爱怜越深。

那是七十年代，我们一家随父亲下放到一个小乡村。三间

土房和一个小柴院就是我们的家。为了给弟弟治病，爸爸妈妈倾其所有，请到县城里一位有名的老中医。老中医姓杨，是个矮矮胖胖的中年人，走起路来有点跛。他隔三差五就会来到我家，给弟弟针灸。长长的针从弟弟的一个穴位扎进去，拔出来，又扎入另一个穴位里。每次我都强忍着眼泪，可弟弟从来不哭。他说，他要快点儿治好病，他要上学，他还要上班挣钱，给爸爸妈妈买好吃的东西。

"等回到长春，我们再给朋找一个好医生。"爸爸经常对妈妈说。

春来冬去，一秋一夏，随着我们离回长春的日子越来越近，弟弟脸上挂着的喜悦一天强似一天。那种情形感染着我们全家，我们每个人心中焦急的期待，就在弟弟的喜悦中膨胀着。

记得那是一个闷热的午后，我在自家房后那片齐腰的麦田里，找着那种不太老又不大嫩的麦穗。我麻利地撸下青绿的麦粒，双手搓揉片刻，然后朝手心轻轻吹一口气，麦粒留在手掌上，塞到嘴里，每嚼一口，都能感到从麦粒里冒出的浓浓白白的麦浆，带着丝丝香甜。就这么吃了好一会儿，见姐姐匆匆忙忙寻来，连拉带扯地把我带回了家。

家里的气氛有些异样。爸爸和几个大爷在厨房那块空地上，量着薄薄宽宽的木板。大房间里挤满了村里的大娘婶子们。奶奶坐在炕沿上，手扶着爸爸自己打制的炕柜，头埋在胸

前，放着悲声，妈妈被几个女人围着，也是一把鼻涕一把泪。从不曾离开炕头半寸的弟弟不见了。我的心一缩，气似乎也喘不上来了，脑子里第一次闪现出那个恐怖的字眼。但是，这怎么可能呢，还有不到两个月，我们全家就要回省城的呀。我猫着腰，从人群中串到家里堆放杂物的里间，推开虚掩着的门，在昏暗的房间里急切地搜寻着。

在朝北的屋角上，那躺在钢丝床上的不正是朋弟吗？我奔到那个矮矮的床前，弟弟这回没有"手舞足蹈"，也没笑弯了眼睛。他只是静静地躺着，像个熟睡的孩子。借着傍晚微弱的光线，我看到弟弟那张泛青的脸，还有那双像涂上一层炭灰的眼睛，一股说不出的悲凉和怜惜从我的心中升起，我顾不上细想什么，毫无惧色地上前抓起弟弟的一只手。那手凉凉的，凉得让我禁不住使劲握着、握着。家人肯定认为弟弟死了，否则，怎么会将他一个人放在这昏暗的一角？

我已记不清自己跟弟弟说了什么，可是，我永远都不会忘记的是，弟弟竟慢慢地睁开了双眼，同时把头向右偏来，望着我。于是，我看到了弟弟那充满感激，充满留恋并带着几分无奈的眼神。我的眼泪吧嗒吧嗒地滴落下来，弟弟扯动一下嘴角，可什么也没有说出来。他就那么无声地望着我，望着我，直到再也没有力气睁开眼睛。

恐怕不会有人相信，一个孩子会对生死有知。然而，我十一岁那年，分明看到了一个只有八岁的男孩，一个瘫痪在床整

整八年的男孩，在弥留之际流露出的对生命那无以言喻的留恋之情。

　　这生命的眼神，在弟弟离开人间那一瞬，融到我的血液中，注入我的生命中。因此，我始终这样认为，成人的我，懂得心存感激，懂得如何加倍地珍爱生命，拼命学习工作，都得益于弟弟留给我的那生命的眼神。

天　　使

◎ 佚　名

　　小时候，我是一个捣蛋、不爱学习又极爱报复的孩子。无论在家里还是在学校，父母和老师、兄弟和同学都极其厌恶我，然而，在心里我渴望着大家的关爱，就像人们渴望上帝的福泽一样。我一个人独处的时候常常默默祈祷：上帝啊！给我善良、给我宽厚、给我聪明吧，我也想如卡尔列一样成为同学们的榜样，可是，上帝正患耳疾，我的祈祷没有一句应验，我依然是个令人生厌的坏孩子，甚至因为我，没有老师愿意带我们这个班。

　　三年级的第一个学期，学校里来了一位新老师，她就是年轻的玛丽娅小姐。玛丽娅小姐刚一站到讲台上，整个班里都沸腾了，她太漂亮啦！我带头吹口哨、飞吻、往空中扔书本，好多男生跟我学，我们的吵闹声几乎要把房顶

掀开。

玛丽娅小姐没有像其他老师那样大声叫嚷："安静！安静！"她始终面带微笑地望着我们。奇怪，这样我反而感到很无聊，于是，我打一个手势，大家立即停止了胡闹。玛丽娅小姐开始自我介绍，当她转身想把自己的名字写到黑板上时，才发现讲桌上没有粉笔，我注意到她的眉头皱了一下，很快又舒展了。心想：糟了，她肯定识破了我们的把戏。但是，玛丽娅小姐却转过身来问："谁愿意替老师去拿盒粉笔？"刚刚平静下来的沸腾又开始了，怪声怪气的笑声再次淹没了整个教室，好多男生争着去干这件事。

玛丽娅小姐请大家不要争，她会挑一个最合适的人选。玛丽娅走下讲台，仔细查看了每一个人，最后她说："基恩，你去吧？"我说："为什么是我？""因为我看得出你热情、机灵又具有号召力，我相信你会把事情做得很好。"

我热情？我机灵？我具有号召力？我竟然有这么多优点？玛丽娅一眼就看出了我的优点！要知道，在此之前从未有人说过我哪怕一点点的好处，甚至我自己也认为我是一个被上帝抛弃的孩子。

我很快取回一盒粉笔，因为它就藏在教室后面的草丛里。当我正要把粉笔递给玛丽娅小姐时，我发现我的手指甲缝里存满了污垢，衬衣袖口开了线，裤腿上溅满了泥点，更糟糕的是我五个脚趾全从破了口的鞋子里露出了头。我

很不好意思，可玛丽娅小姐一点也不在意这些，她接粉笔的时候给了我一个天使般的微笑。玛丽娅就是上帝派来的天使。

从此，我决定做一个上进、体面的人，因为我知道天使正在注视着我。

感　　谢

◎　（美国）霍丝·安德鲁斯

孩子大了的一个好处就是你不用再劳神费力地替他们写感谢信了。当我的三个孩子都还小的时候，我得口述信的内容，然后指导他们加上一些自制的图画，可是当爱莲娜、萨拉和德鲁能够自己写时，还是需要我多次催促。

"你写信对格兰迪送给你书表示感谢了吗？""多萝西姑妈送你一件毛衣，你回信了吗？"我会问。可通常得到的回答不是咕哝两句就是耸耸肩。

这一年，刚过了圣诞节，我厌倦了再催促他们，孩子们也早已对我的话充耳不闻了。于是我宣布如果不写好感谢信就不能穿新衣服，玩新玩具，但还是迟迟不见他们行动。

突然，我有了主意，"大家都上车！"

"去哪儿？"萨拉迷惑不解地问。

082

"去买圣诞礼物。"

"可现在已经过了圣诞节了。"她抗议说。

"别犟嘴。"我严肃地说。

孩子们鱼贯而入。"我想让你们看看那些关心你们的人为你们买一件礼物要花多少时间。"

我递给德鲁一张纸，一枝铅笔，"记下现在我们离开家的时间。"当我们到镇上时，德鲁记下了到达的时间。孩子们帮我挑选了一些礼物，然后我们开车回到家里。

孩子们下了车，马上朝雪橇跑去。"别急，"我说，"我们还得把礼物包装一下。""德鲁，"我又说，"记下我们到家的时间了吗？"他点点头，"好，下面记下包装礼物的时间。"

我煮着咖啡孩子们在包装礼物。终于，最后一根丝带系好了。"这一切共用了多长时间？"我问德鲁。他看看纸条，"开车到镇上用了二十八分钟，买礼物的时间是十五分钟，回家时因为加油用了三十八分钟。"

"包装用了多长时间？"爱莲娜问。

"包好一件礼物大约是两分钟。"

"那么，把这些礼物寄出去要花多长时间呢？"我又问。

"开车去邮局一个来回要用五十六分钟，"德鲁算了一下说，"这还不算给车加油的时间。"

"可你忘了算排队等候的时间。"萨拉说。

"好吧，"德鲁说，"再加上十五分钟邮寄的时间。"

"那么，我们要送给别人一件礼物，总共需要花费多少时间？"

德鲁很快就算出来了：两小时三十五分钟。

我在每个孩子的面前放上信纸、信封和铅笔，"现在写你们的感谢信，并且要表明你们收到礼物是多么快乐。"

孩子们埋下头去，只听到写字声。"好了。"爱莲娜说着，把信装进了信封。

"我也好了。"萨拉说。

"写信花了三分钟。"德鲁边封信边说。

"比起别人花费两个半小时送给你们的礼物，用三分钟时间写封感谢信是不是太长了？"我问。孩子们都低下头去。

"现在你们应该养成良好的习惯，生活中的许多时候都要对别人表示感谢。"

"你小的时候是不是也经常写感谢信？"德鲁问。

"一点不错。"我肯定地说。

"你写些什么？"他问。

"那是很久以前的事了。"我说。

……

阿瑟爷爷是我曾祖父最小的儿子。原来我从未见过他，可是每年的圣诞节他都要送我一件礼物。他住在马萨诸塞州的塞勒姆市，双目已失明了。他的侄女和他住在一起，每年帮他填写许多五美元的支票，寄给他众多的侄孙子、侄孙女们。我总

是回信表示感谢，并且告诉他我把钱花在什么地方了。

后来我到马萨诸塞州上大学，这样我就有了机会去看他。我们谈话时，他告诉我他收到我的信总是很高兴。

"您还记得那些信？"

"当然了，"他说，"我收藏了一些最喜欢的，"他指指说，"你能不能把最上面的那个抽屉的那些用丝带系着的信拿出来。"

我拿出一封信念给他听。

"亲爱的阿瑟爷爷，我正在一家美发厅里给您写信，今天晚上学校里有一个假日舞会。我用您寄来的钱做了头发，因为您送给我的这份礼物，我想我会度过一个非常愉快的晚上。爱您的霍丝。"

"那天你过得愉快吗？"

我想起了许多年前的那个晚上。"当然。"我笑着说，希望他能看到我脸上幸福的微笑。

……

萨拉拽了拽我的衣袖，把我从回忆中拉回了现实。"妈妈，你在笑什么？"她问。

我告诉孩子们关于阿瑟爷爷的礼物以及我如何给他写信。我很高兴每年都给他写感谢信，因为这显然对他意义非同一般。

"舞会那天你漂亮吗？"萨拉问。

"我想是的。"

"你的舞伴是谁？你穿什么衣服？"爱莲娜问。

"我有一张那天晚上的照片。"我从书架上抽出一本相册，翻到一张照片前停了下来，照片上我穿着一件黑天鹅绒的晚礼服，挽着法国式的头发；我的旁边是一个英俊的小伙子，他正微笑着递给我一枚胸针。

"是爸爸！"爱莲娜惊讶说。

我笑着点点头，抚摸着照片旁边夹着的早已干枯了的栀子花瓣。

这个圣诞节是我和鲍布结婚三十六周年纪念日。谢谢你，阿瑟爷爷。

085

086

感　激

◎　梁晓声

有一种情愫叫做感激。

它是很容易被忽略的。人心往往记住些相反的东西。

这时候人就"病"了。

我"病"过。深知那"病"着的感觉很不好。

在 1998 年的岁尾，我心渐生一大片感激，如春草茵茵。

我顿觉此前的一些"病"症，消失了，或减轻了……

我感激我少年记忆中的陈大娘。她常使我觉得自己的少年曾有两位母亲。在我们那个大院儿我们两家住在最里边，是隔壁邻居。她年轻时就守寡，靠卖冰棍儿拉扯两个女儿一个儿子长大成人。少年的我甚至没有陈大娘家和我家是两户人家的意识区别。经常的，我闯入她家进去便说："大娘，我妈不在家，家里也没吃的，快，我还要去上学呢！"

于是大娘一声不响放下活儿，掀开锅盖说："喏，就有俩窝窝头，你吃一个，给正子留一个。"——正子是她的儿子，比我大四五岁，饭量也比我大得多。那正是饥饿的年代。而我却每每吃得心安理得。

后来我们那个大院被动迁，我们两家分开了。那时我已是中学生，下午班。每每提前上学，去大娘家。大娘一看我脸色，便主动说："又跟你妈赌气了是不是？准没在家吃饭！稍等会儿，我给你弄口吃的。"

仍是饥饿的年代。

我照例吃得心安理得。

少不更事，从不曾对大娘说过一个谢字。甚至，心中也从未生出过感激。

有次，在路口看见卖冰棍儿的陈大娘受恶青年的欺辱，我像一条凶猛的狼狗似的扑上去和他们打，咬他们手。我心中当时愤怒到极点，仿佛看见自己的母亲受到欺辱……

那便算是感激的另一种方式。也仅那么一次。

我下乡后再未见到过陈大娘。

我落户北京后她已去世。

我写过一篇小说《长相忆》——可我多愿我表达感激的方式不是小说，不是曾为她和力不能抵的恶青年们打架，而是执手当面地告诉她——大娘……

1962年我的家迁入了另一个区另一条街上的另一个大院。

一个在 1958 年由女工们草草建成的大院。房屋极其简陋。九户人家中七户是新邻居。

它是那一条街上邻里关系非常和睦的大院。

这一点不惟是少年的我的又一种幸运，也是我家的又一种幸运。邻里关系的和睦，即或在后来的"文革"时期，也丝毫不曾受外界的骚扰或破坏。我的家受众邻居帮助多多，尤其在我的哥哥精神分裂以后，倘我的家不是处在那一种和睦的互帮互助的邻里关系中，日子就不堪设想。

我永远感激我家当年的众邻居们！

后来，我下乡了。

我感激我的同班同学杨志松。

他现在是《大众健康》的主编。在班里他不是和我关系最好的同学，只不过是关系比较好的同学。我们是全班下乡的第一批。而且这第一批只我和他。我没带褥子，与他合铺一条褥子半年之久。亲密的关系是在北大荒建立的。有他和我在一个连队，使我有了最能过心最可信赖的知青伙伴。当人明白自己有一个在任何情况之下都绝不会出卖自己的朋友的时候，他便会觉得自己有了一份特殊的安全感。实际上他年龄比我小几个月。我那时是班长，我不习惯更不喜欢管理别人。小小的权力和职责反而使我变得似乎软弱可欺。因为我必须学会容忍制怒。故每当我受到挑衅，他便往往会挺身上前，厉喝一句是——"干什么？想打架么？"

我也感激我另外的三个同班同学王嵩山、王志刚、张云河。他们是"文革"中的"散兵游勇",半点儿也不关心当年的"国家大事"。下乡前我为全班同学做"政治鉴定",力陈他们其实都是政治上多么"关心国家大事"的同学,惟恐一句半句不利于肯定他们"政治表现"的评语影响他们今后的人生。为此我和原则性极强的年轻的军宣队班长争执得面红耳赤。他们下乡时本可选择离哈尔滨近些的师团。但他们专执一念,愿望只有一个——我和杨志松在哪儿,他们去哪儿。结果被卡车在深夜载到了一团——最偏远的山沟里。

他们的到来,使我在知青大群体中,拥有了感情的保险箱。而且,是绝对保险的。

在我们之间,友情高于一切。时常,我脚上穿的是杨志松的鞋,头上戴的是王嵩山的帽子,棉袄可能是王志刚的,而裤子,真的,我曾将张云河的一条新棉裤和一条新单裤都穿成旧的了。当年我知道,在某些知青眼里,我也许是个喜欢占便宜的家伙。但我的好同学们明白,我根本不是那样的人。他们格外体恤我舍不得花钱买衣服的真正原因——为了治好哥哥的病,我每月尽量往家里多寄点儿钱……

对于我,仅仅有友情是不够的。我是那类非常渴望思想交流的知青。思想交流在当年是很冒险的事。我要感激我们连队的某些高中知青。和他们思想交流使我明白——我头脑中对当年现实的某些质疑,并不证明我思想反动,或疯了。如果他们

中仅仅有一人出卖了我，我的人生将肯定是另外的样子。然而我不曾被出卖过。这是很特殊的一种人际关系。因为我与他们，并不像与我的四名同班同学一样，彼此有着极深的感情基础。在我，近乎人性的分裂——感情给我的同班同学，思想却大胆地向高中知青们敞开，坦言。他们起初都有些吃惊，也很谨慎。但是渐渐地，都不对我设防了。

"九一三"事件以后，我和他们交流过许多对国家，当然也是对我们自身命运的看法。

真的，我很感激他们——他们使我在思想上不陷于封闭的苦闷……

凡三十余年间，我和我的同学们，仿佛在感情上根本就不曾被分开过。故我每每形容，这是我人生的一份永不贬值的"不动产"。

我感激木材加工厂的知青们——当我被惩处性地"精简"到那里，他们以友爱容纳了我，在劳动中尽可能地照顾我。仅半年内，就推荐我上大学。一年后，第二次推荐我。而且，两次推荐，选票居前。对于从团机关被"精简"到一个几乎陌生的知青群体的知青，在一般情况下是根本没指望的。若非他们对我如此关照，我后来上大学就没了前提。那时我已患了肝炎，自己不知道，只觉身体虚弱，但仍每天坚持在劳动最艰苦的出料流水线上。若非上大学及时解脱了我，我的身体某一天肯定会被超体能的强劳动压垮……

　　我感激复旦大学的陈老师。这位生物系抑或物理系的老师的名字我至今不知。实际上我只见过他两面。第一次在团招待所他住的房间，我们之间进行了一个多小时的谈话，算是"面试"。第二次在复旦大学。我一入学就住进了复旦医务室的临时肝炎病房。我站在二楼平台上，他站在楼下，仰脸安慰我……

　　任何一位招生老师，当年都有最简单干脆的原则和理由，取消一名公然嘲笑当年文艺现状的知青的入学资格。陈老师没那么做。正因为他没那么做，我才有幸成了复旦大学的"工农兵学员"——而这个机会，对我的人生，对我和文学的关系，几乎是决定性的。

　　如果说，我的母亲用讲故事的古老方式无意中影响了我对故事的爱好，那么——崔长勇、木材加工厂的知青们、复旦大学的陈老师，这三方面的综合因素，将我直接送到了与文学最近的人生路口。他们都是那么理解我爱文学的心，他们都是那么无私地成全我。如果说，在所谓人生的紧要处其实只有几步路这句话是正确的，那么他们是推我跨过那几步路的恩人。

　　还有许许多多我应该感激的人，真是不能细想，越忆越多。

　　我回头向自己的人生望过去，不禁讶然，继而肃然，——怎么，原来在我的人生中，竟有那么多那么多善良的好人帮助过我，关怀过我，给予过我持久的或及时的世间友爱和温情

么？

我此前怎么竟没意识到？

这一点怎么能被我漠视？

没有那些好人，我将是谁？我的人生将会怎样？我的家当年又会怎样？

我这个人的人生，却实际上是被众多的好人、是被种种的世间温情簇拥着走到今天的啊！

我凭什么获得如此大幸运而长久以来麻木地似乎浑然不觉呢？

亏我今天还能顿悟到这一点！

生活，我感激你赐我如此这般的人生大幸运！

我向我人生中的一切好人鞠躬！

让我借歌中唱的一句话，祝好人一生平安！

我想——心有感激，心有感动，多好！因为这样一来，人生中的另外一面，比如嫌恶、憎怨、敌意、细碎芥梗，就显得非常小器，浅薄，和庸人自扰了……

再祝好人一生平安！

命运的驱使

◎ 冯骥才

　　这是我踏上文学之路时最初的足迹。它一片凌乱、深深浅浅、反反复复仿佛带着那样多的不情愿、被迫和犹豫不决……这究竟为了什么？

　　一九六六年大狂乱到来之前，我的世界有如风暴前的海面，它没有丝毫预感，没察觉任何先兆，在一片出奇的静谧里，暖意的阳光躺在我柔软的、层层皱褶一般的、有节奏的生活波浪上。那时我才二十多岁！我热爱着艺术。我是肖邦、柴可夫斯基、贝多芬最驯顺的俘虏；我常常一个人在屋里高声背诵《长恨歌》、《蜀道难》和普希金的《致大海》；最后，我终于以一种为美而献身的精神，决意把一生的时光，都溶进调色盘里。那雨中的船、枝上的鸟、泥土中的小花小草、薄暮溟濛中一张模糊而有生气的脸，把我牢牢固定在画架前，再也没有想到与它分开。

然而，一九六六年那场突如其来的大动乱就像一个无法抗拒、从天而降的重锤，把我的世界砸得粉碎。一夜之间，千万人的命运发生骤变；千万个家庭演出了在书本里都不曾见过的怪诞离奇的悲剧。对于我，平时所留意的人的面容、姿态、动作变得毫无意义：摆在眼前的，是在翻来覆去的政治风浪里淘洗出来的一颗颗赤裸裸的心。它们无形地隐藏在人身上最不易发现的地方。有的比宝石还美，有的比魔怪还丑，世上再没有人与人、心与心的差距更为遥远的了。为了在这刀丛般的人事纠葛中间生存，现实逼着我百倍地留意、提防、躲闪；于是，往日那些山光水色、鸟语花香，美梦一般流散了。

天津海河边有个地方叫做挂甲寺。夏天里，偶然会有人游泳不慎淹死了，就被拖到岸边，等家人来认领。但在这期间，几乎天天都有人投河自尽，给人们用绑着铁钩的长杆钩上来，一排排陈列着。原来的两张席不够用，有的便露出不堪一睹的面孔。有老者，有青年，有腰间捆着婴儿一同殉难的妇女。我直怔怔望着这些下狠心毁掉自己的人，心想他们必有许多隐忍在心、难以抗拒的苦痛。还有一次，我看到一个悬梁自尽的人蹬倒的椅面上留着很多徘徊不定的脚印，我的心颤栗了……每每此时，我便不自觉地虚构起他们生前的故事；当然这可能是与他们完全无关的虚构，但我平日在生活中的所见所闻、万千感受却自然而然地向虚构的故事中聚拥而来。当故事形成、在

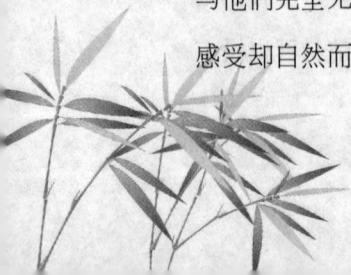

心里翻腾不已时，我便有一种强烈的表现欲。

开始，我只是把这些故事讲给至亲好友们听。为了安全，我把故事中的人物、地点、社会背景全换成外国的，当做一个旧的外国小说或电影故事。我的许多亲友听过这些故事。在文化一片空白的当时，他们以听我的故事为快事，我却以讲故事来发泄表现欲，排遣郁结心中的情感。我哪里知道，这就是我后来一些作品的雏形。

一个夜晚，外边刮着冷风。一位许久未见的老朋友突然跑到我家来。他不等我说什么，便一口气讲了他长长一段奇特的遭遇。我听着，流下泪，夹在手指间的烟卷灭了也不知道。这位朋友讲述他的遭遇时，带着一种神经质的冲动，我真担心他回去后会做出什么不够冷静而可怕的事来。他讲完了，忽然用激动得发颤的声音问我：

"你说，将来的人会不会知道咱们这种生活？这种环境？如果总这样下去不变，再过几十年，现在活着的人都死了，还不就得靠后来的作家瞎编？你说，现在有没有人把这些事写下来？那就得冒着生命的危险呀！不过，这对于将来的人总是有价值的……"

那是怎样一个时代呀！

我们都沉默了。烟碟里未熄的烟蒂冒着丝一般的烟缕，在昏黄的灯光里萦回缭绕。似乎我俩都顺着他这番话思索下去……从此，我便产生了动笔写的念头。

我把自己锁在屋里，偷偷写起来，只要有人叩门，我立即停笔，并把写了字的纸东藏西掖。这片言只语要是被人发现，就会毁了自己，甚至家破人亡，不堪设想。每每运动一来，我就把这些写好的东西埋藏在院子的砖块下边、塞在楼板缝里，或者一层层粘起来，外边糊上宣传画片，作为掩蔽，以便将来有用时拿温水泡了再一张张揭出来。……但藏东西的人总觉得什么地方都不稳妥。一度，我把这些稿子卷成卷儿，塞进自行车的横梁管儿里。这车白天就放在单位里，单位整天闹着互相查找"敌情线索"。我总觉得会有人猛扑过去从车管儿里把稿子掏出来。不安整天折磨着我。终于我把稿子悄悄弄出来，用火点着烧了。心里立刻平静下来，跟着而来的却是茫然和沮丧。以后，我一发有了抑制不住的写的冲动时，便随写随撕碎，扔在厕所里冲掉；冬天我守着炉子写，写好了，轻轻读给自己听，读到自己受感动时便再重读几遍，最后却只能恋恋不舍地投进火炉里。当辗转的火舌把一张张浸着心血的纸舔成薄薄的余灰时，我的心仿佛被那灼热的火舌刺穿了。

在望不见彼岸的漫长征途上，谁都有过踌躇不前的步履。这是无效劳动，滥用精力啊！写了不能发表，又不能给任何人看，还收留不住，有什么用？多么傻气的做法！多么愚蠢的冲动！多么无望的希望！而我最痛苦的就是在这种忽然理智和冷静下来、否定自己行为的价值的时候。

我必须从自己身上寻找力量充实自己。于是，我发现，我

有良心，我爱自己的祖国和人民，我是悄悄地为祖国的将来做一点点事呀！我还是有艺术良心的，没有为了追求利禄而去写迎合时尚、违心的文字。我珍爱文学，不会让任何不良的私欲而玷污了它……这样，我便再不毁掉自己笔下的每一张纸了。我下了决心，我干我的。不管将来如何，不管光明多么遥远，不管路途中间会多么艰辛和寂寞，会有多高的阻障，会出现怎样意外的变故。我至今保存一首诗。是当时自己写给自己的。诗名叫《路》：

> 人们自己走自己的路，谁也不管谁，
>
> 我却选定这样一条路——
>
>
> 一条时而欢欣、时而痛苦的路，
>
> 一条充满荆棘、布满沟壑的路。
>
>
> 一条宽起来无边、窄起来惊心的路，
>
> 一条爬上去艰难、滑下去危险的路。
>
>
> 一条没有尽头、没有归宿的路，
>
> 一条没有路标、无处询问的路。
>
>
> 一条时时中断的路，
>
> 一条看不见的路……

但我决意走这条路，

因为它是一条真实的路。

现在回想起来，这便是我走向文学之路最初的脚步了。

前年我在滇南，亚热带风味的大自然使我耳目一新。那些哈尼族人的大茅屋顶、傣族人的竹楼、苗族妇女艳丽的短裙，混在一片棕榈、芭蕉、竹丛、雪花一样飘飞的木棉和蓝蓝的山影之中，令我感动不已。不知不觉又唤起我画画的欲望。我回到家，赶忙翻出搁放许久的纸笔墨砚，呆在屋里一连画了许多天，还拿出其中若干幅参加了美术展览。当时，一些朋友真怀疑我要重操旧业了。不，不，这仅仅像着了魔似的闹了一阵子而已。跟着，潜在心底的人物又开始浮现出来，日夜不宁地折磨我了。我便收拾起画具，抹净桌面，摆上一叠空白的稿纸……

是啊，我之所以离开至今依然酷爱的绘画，中途易辙，改从写作生涯，大概是受命运的驱使吧！这不单是个人的命运，也是民族、祖国、同时代人共同的命运所致。至于"命运"二字，我还不会解释，而只是深深感到它罢了。

我读一本小书同时又读一本大书

◎ 沈从文

　　我能正确记忆到我小时的一切，大约在两岁左右。我从小到四岁左右，始终健全肥壮如一只小豚。四岁时母亲一面教我认方字，外祖母一面便给我糖吃，到认完六百生字时，腹中生了蛔虫，弄得黄瘦异常，只得每天用草药蒸鸡肝当饭。那时节我就已跟随了两个姐姐，到一个女先生处上学。那人既是我的亲戚，我年龄又那么小，过那边去念书，坐在书桌边读书的时节较少，坐在她膝上玩的时间或者较多。

　　六岁时我已单独上了私塾。如一般风气，凡是私塾中给予小孩子的虐待，我照样也得到了一份。但初上学时我因为在家中业已认字不少，记忆力从小又似乎特别好，比较其余小孩，可谓十分幸福。第二年后换了一个私塾，在这私塾中我跟从了几个较大的学生，学会了顽劣孩子抵抗顽固塾师的方法，逃避

那些书本去同一切自然相亲近。这一年的生活形成了我一生性格与感情的基础。我间或逃学，且一再说谎，掩饰我逃学应受的处罚。我的爸爸因这件事十分愤怒，有一次竟说若再逃学说谎，便当砍去我一个手指。我仍然不为这话所恐吓，机会一来时总不把逃学的机会轻轻放过。当我学会了用自己的眼睛看世界一切，到不同的社会中去生活时，学校对于我便已毫无兴味可言了。

现在说来，我在做孩子的时代，原来也不是个全不知自重的小孩子。我并不愚蠢。当时在一班表兄弟中和弟兄中，似乎只有我那个哥哥比我聪明，我却比其他一切孩子懂事。但自从那表哥教会我逃学后，我便成为毫不自重的人了。在各样教训各样的方法管束下，我不欢喜读书的性情，从塾师方面，从家庭方面，从亲戚方面，莫不对于我感觉得无多希望。我的长处到那时只是种种的说谎。我非从学塾逃到外面空气下不可，逃学过后又得逃避处罚。我最先所学，同时拿来致用的，也就是根据各种经验来制作各种谎话。我的心总得为一种新鲜声音，新鲜颜色，新鲜气味而跳。我得认识本人生活以外的生活。我的智慧应当从直接生活上吸收消化，却不需从一本好书一句好话上学来。似乎就只这样一个原因，我在学塾中，逃学记录点数，在当时便比任何一人都高。

离开私塾转入新式小学时，我学的总是学校以外的。到我出外自食其力时，我又不曾在职务上学好过什么，二十年后我

"不安于当前事务，却倾心于现世光色，对于一切成例与观念皆十分怀疑，却常常为人生远景而凝眸"，这分性格的形成，便应当溯源于小时在私塾中逃学习惯。

自从逃学成习惯后，我除了想方设法逃学，什么也不再关心。

有时天气坏一点，不便出城上山里去玩，逃了学没有什么去处，我就一个人走到城外庙里去。本地大建筑在城外计三十来处，除了庙宇就是会馆和祠堂。空地广阔，因此均为小手工业工人所利用。那些庙里总常常有人在殿前廊下绞绳子，织竹簟，做香，我就看他们做事。有人下棋，我看下棋。有人打拳，我看打拳。甚至于相骂，我也看着，他们如何骂来骂去，如何结果。因为自己既逃学，走到的地方必不能有熟人，所到的必是较远的庙里。到了那里，既无一个熟人，因此什么事都只好用耳朵听，眼睛去看，直到看无可看听无可听时，我便应当设计打量我怎么回家去的方法了。

来去学校我得拿一个书篮。内中有十多本破书，由《包句杂志》、《幼学琼林》到《论语》、《诗经》、《尚书》通常得背诵。分量相当沉重。逃学时还把书篮挂到手肘上，这就未免太蠢了一点。凡这么办的可以说是不聪明的孩子。许多这种小孩子，因为逃学到各处去，人家一见就认得出，上年纪一点的人见到时就会说："逃学的，赶快跑回家挨打去，不要在这里玩。"若无书篮可不会受这种教训。因此我们就想出了一个方

法，把书篮寄存到一个土地庙里去。那地方无一个人看管，但谁也用不着担心他的书篮。小孩子对于土地神全不缺少必需的敬畏，都信托这木偶，把书篮好好地藏到神座龛子里去，常常同时有五个或八个，到时却各人把各人的拿走，谁也不会乱动旁人的东西。我把书篮放到那地方去，次数是不能记忆了的，照我想来，次数最多的必定是我。

逃学失败被家中学校任何一方面发觉时，两方面总得各挨一顿打。在学校得自己把板凳搬到孔夫子牌位前，伏在上面受笞。处罚过后还要对孔夫子牌位作一揖，表示忏悔。有时又常常罚跪至一根香时间。我一面被处罚跪在房中的一隅，一面便记着各种事情，想象恰好生了一对翅膀，凭经验飞到各样动人事物上去。按照天气寒暖，想到河中的鳜鱼被钓起离水以后拨刺的情形，想到天上飞满风筝的情形，想到空山中歌叫的黄鹂，想到树木上累累的果实。由于最容易神往到种种屋外东西上去，反而常把处罚的痛苦忘掉，处罚的时间忘掉，直到被唤起以后为止，我就从不曾在被处罚中感觉过小小冤屈。那不是冤屈。我应感谢那种处罚，使我无法同自然接近时，给我一个练习想象的机会。

家中对这件事自然照例不大明白情形，以为只是教师方面太宽的过失，因此又为我换一个教师。我当然不能在这些变动上有什么异议。这事对我说来，我倒又得感谢我的家中。因为先前那个学校比较近些，虽常常绕道上学，终不是个办法，且

因绕道过远，把时间耽误太久时，无可托词。现在的学校可真
很远很远了，不必包绕偏街，我便应当经过许多有趣味的地方
了。从我家中到那个新的学塾里去时，路上我可看到针铺门前
永远必有一个老人戴了极大的眼镜，低下头来在那里磨针。又
可看到一个伞铺，大门敞开，做伞时十几个学徒一起工作，尽
人欣赏。又有皮靴店，大胖子皮匠，天热时总睡出一个大而黑
的肚皮（上面有一撮毛！）用夹板上鞋。又有剃头铺，任何时
节总有人手托一个小木盘，呆呆的在那里让剃头师傅刮脸。又
可看到一家染坊，有强壮多力的苗人，踹在凹形石碾上面，站
得高高的，手扶着墙上横木，偏左偏右的摇荡。又有三家苗人
打豆腐的作坊，小腰白齿头包花帕的苗妇人，时时刻刻口上都
轻声唱歌，一面引逗缚在身背后包单里的小苗人，一面用放光
的红铜勺舀取豆浆。我还必须经过一个豆粉作坊，远远的就可
听到骡子推磨隆隆的声音，屋顶棚架上晾满白粉条。我还得经
过一些屠户肉案桌，可看到那些新鲜猪肉砍碎时尚在跳动不
止。我还得经过一家扎冥器出租花轿的铺子，有白面无常鬼，
蓝面阎罗王，鱼龙，轿子，金童玉女。每天且可以从他那里看
出有多少人接亲，有多少冥器，那些定做的作品又成就了多
少，换了些什么式样。并且还常常停顿下来，看他们贴金敷
粉，涂色，一站许久。

我就欢喜看那些东西，一面看一面明白了许多事情。

烈火炼就的书

◙　（苏联）奥斯特洛夫斯基

篝火的火苗像破碎的红布条一样抖动着。大股的黄褐色烟柱不住地盘旋上升。蠓虫是不喜欢烟的，它们成群地飞来飞去。战士们稍稍离开火堆，列成扇形坐着，脸迎着火光，现出古铜颜色。

篝火旁边有几个饭盒放在蓝色炭灰里温着。盒里的水开始冒泡了。狡猾的火舌从燃烧着的木柴下面往上一蹿，舐了一下正低着头的人蓬乱的头发，那人慌忙向后一躲，嘟哝着说：

"呸，真见鬼！"

周围的人都笑起来了。

一个穿着呢子制服、留着短胡子的中年人，冲着火光检查完了他的枪筒，就用他那粗嗓子说：

"这小伙子多用功呀，连火烧着了都不觉得。"

"柯察金，把你看过的给我们讲讲吧，"另一个人说。

那年轻的红军战士搔着烧焦了的头发，笑着说：

"呵，安得罗修克同志，这本书，真称得起是一本好书。我一拿到手，就怎样也舍不得放下。"

坐在保尔旁边的一个翘鼻子的青年正忙着修理背囊的皮带，他一面用牙咬着一条粗线，一面好奇地问：

"喂，书里说的什么呀？"说着，他把针插在军帽上，又把剩下的线缠在针上，然后补充说："要是谈恋爱的，我倒想听听。"

周围的人都笑起来了。马特维丘克抬起他那剪平的头，眯着一只狡猾的眼睛，斜看着那个青年人，说：

"不错，谢列达，恋爱倒是好事。你又这么漂亮，简直跟油画里的美男子一样！你到了哪里，哪里的女孩子们就成群跟在你屁股后头。可惜的是，你还有个小小毛病，就是鼻子太翘了一点。不过，这个毛病也还有办法补救。只要把一颗十磅重的诺维茨基手榴弹挂在鼻子尖上，保险明天早上就会塌下去。"

突发的笑声把拴在机枪车上的马吓得直喷鼻子。

谢列达懒懒地转过身来：

"光漂亮有什么用，脑袋瓜才值钱。"他富于表情地拍着自己的前额说。"比方，拿你说吧，你的舌头挺能挖苦人，但是你是一个地道的笨蛋，你的耳朵是冰凉的。"

班长塔塔里诺夫站起来，把两个准备厮打的同志隔开了。

他说：

"得啦，得啦，同志们，为什么要吵架呢？要是这本书真有价值的话，还是让柯察金把它念给大伙听听吧。"

"好，保尔，你就快点念吧。"周围一齐这样喊着。

保尔把马鞍移近火堆，坐了上去，然后把那本厚厚的小开本的书打开，放在膝盖上。

"同志们，这本书叫做《牛虻》。是我从营政委那里借来的。这本书使我非常感动。要是你们静静地坐着听，我这就念。"

"快念吧！还说什么！谁也不会打搅你的。"

当团长普兹列夫斯基和政委一道悄悄地骑马走过来的时候，他看见十一对动也不动的眼睛，正盯着那个念书的人。

普兹列夫斯基回过头来，指着那一群战士，对政委说：

"我们团的侦察兵，一半就在那儿。其中有四个，都还是非常年轻的共青团员，可是每一个都不愧是优秀的战士。你瞧，那一个念书的叫柯察金，还有那边的一个，看见了吗？那一个眼睛像小狼的叫扎尔基。他们俩是好朋友。可是，他们暗地里却在互相较量。柯察金一向是我顶好的侦察兵。现在他可遇到了一个势均力敌的对手。你瞧，他们在悄悄地进行政治工作，但是影响非常大。有人给他们起了个非常好的称号——'青年近卫军'。"

"那个念书的是不是侦察队的政治指导员？"政委问。

"不，政治指导员是克拉麦尔。"

普兹列夫斯基催马走到跟前。

"同志们，你们好！"他大声喊着。

所有的人都转过头来。团长敏捷地跳下马，走到围坐的战士们跟前。

"烤火吗，朋友们？"他笑着问。他那刚毅的面孔和有点像蒙古人的细长的眼睛不再有严厉的神情。

大家把团长当做朋友、当做一个好同志来热烈欢迎他。政委还骑在马上，因为他还要赶路。

普兹列夫斯基把带套的毛瑟枪推到背后，蹲在保尔坐的马鞍旁边，向大家提议说：

"大家都抽口烟好不好？我弄到了一些上等烟叶。"

他抽起一支自己卷的烟卷儿，转脸对政委说：

"你先走吧，多洛宁，我留在这儿。如果司令部要找我的话，请通知我。"

多洛宁走了，普兹列夫斯基就对保尔说：

"继续念下去吧，我也要听一会儿。"

保尔读完了最后几页，把书放在膝盖上，深思地盯着火焰。

好几分钟大家都没有说一句话。所有的人都被牛虻的死感动了。

108

谢___天

◎ 陈之藩

小时候，每当冬夜，我们一大家人围着个大圆桌吃饭，我经常坐在祖母身旁，祖母总是摸着我的头说："感谢老天爷赏我们家饭吃。记住！饭碗里一点儿也不许剩，要是糟蹋粮食，老天爷就不给咱们饭吃了。"

刚上小学的我，正念一些打倒偶像、破除迷信的课文。我的学校就是从前的关帝庙，我的书桌就是供桌。我曾给周仓戴上眼镜，给关平画上胡子。祖母的话，老天爷什么的，我觉得是既多余，又落伍的。

不过，我却很尊敬我的祖父母，因为这饭确实是他们挣来的，这家确实是他们建立的。我感谢面前的祖父母，不必感谢渺茫的老天爷。

祖父长年在风雨里辛劳，祖母每天在茶饭里刻苦，他们明

明知道要滴下眉毛上的汗珠，才能捡起田中的麦穗，可为什么却要谢天呢？我，一个小孩子，混吃混喝，我为什么却不感谢老天爷？——这个问题，在我的心里一直是个谜。

直到前年，我在普林斯顿，浏览爱因斯坦的《我所看见的世界》，才得到一种新的领会。

我在读这本书时，看到了爱因斯坦对谢天的看法。比如：在与原子始祖玻尔的争辩中，爱因斯坦不忘赞美玻尔；在数学大师劳伦兹的纪念会上，他谦卑的致词更见《相对论》不是甲发明的，就是乙发明的，好像与爱因斯坦本人不相干似的。就连《相对论》本文中，爱因斯坦也会忽然天外飞来一笔："这如不是劳伦兹，就不能出《相对论》！"像爱氏这种不居功的态度，实在是史册中少见的。爱因斯坦感谢了这位，感谢了那位，感谢了古人，感谢了今人，就是不提他自己。

我就想，为什么立功者却不居功？像爱因斯坦之于《相对论》，像我祖母之于我家。

几年来自己到处奔波，挣了几碗饭吃，作了一些研究，写了几篇学术文章，真正做了点事以后，才有了一种新的觉悟，即无论什么事，得之于人者太多，出之于己者太少。因为需要感谢的人太多了，就感谢天罢。无论什么事，也需要先人的遗爱和遗产，众人的支持与合作，机会等候与到来，这些缺一不可。越是真正做过一点事，越是感觉到自己贡献的渺小。于是，创业的人都会自然地想到上天，而败家的人却无时不想到自己。

110

院　　落

◎ 叶　梓

　　清风徐起，门外五棵柳树细细的枝条摇来摆去，像一群随着乐曲起舞的少女。圆月升起，随风而下的棉白柳絮，洒落一院。"明月照积雪"属于古典意境，而今夜的院落，明月照柳絮，也是白与白的接触，让院落更白了。

　　这加倍的白，经过西北大地上一座极其普通的小小院落的过滤，被黑夜用一种极为缓慢的速度慢慢收拢成大地上安宁的一部分。

　　连父亲在院落里拉响的二胡声，也是安宁的。命运把他的一生设定在这个小院里，他很少出门，一闲下来——准确地说，当他心情忧伤郁闷的时候，总会从墙上取下那把落满尘埃的二胡，一个人拉起来。多少年以后，我才知道那单调的声音里藏着父亲太多的人生经历，对父亲而言，那把心爱的二胡，

早已超越了乐器的范畴，而成为孤独、寂寞、隐忍的集散地。

我和哥哥就在父亲二胡声的背面或者间隙里，唱儿歌做游戏，数星星写作业。一束昏黄微弱的光，从院落北面的一间小房子射出来。相对母亲住的上房而言，这也叫北下房，我和哥哥就在这里比着做作业。母亲说，她一生里最爱看的就是隔着窗户看我们兄弟二人在北下房里读书学习。她一辈子一个字也不识，但她吃毕晌午饭，总要督促我和哥哥在院子里读一阵书，然后再回房子做作业。

每逢我们考试，母亲总要在院子里点一炷香火，以示祈祷。重要的考试，她更虔诚。多年后，父亲才告诉我，在我和哥哥高考的日子里，母亲每夜都在院子里长跪不起。我们在遥远的城里奋笔疾书，而母亲在院子里为我们默默祈祷，祈祷我们出了门不要伤风感冒，不要喝了城里的水拉肚子。

而这些，只有我的父母和院落知道。事实上，这正是院落带来的安全感，它为一个家庭的隐私保密。哦，我的院落，它从不发言，默默无语，却又是一家人最真实的见证者。你的哭，你的笑，你的痛苦，你的欢乐都不会逃过它的默默注视。它甚至目睹了我在杨家岘生活的所有细节。我从院子里拿着一把锄头出去了，在一块土塬上干了一整天的活；晚上回来，院落便能从我的锄头上知道我出去到底干了些什么，也许我的父亲还不清楚我偷懒了没有，但院落心里有数。

它的无语凝视，充满了爱意。

111

　　而当我无声地爱着杨家岘的每一块田地、每一座山冈，每一片树林乃至每一片雪花和每一滴清晨的露珠时，我也像一座又一座的院落一样，把自己的根深深地扎在这块土地当中——虽然我和妻子女儿生活在城里。

　　每次回家，父亲都要动员我要一块地，花点钱盖一座房。父亲这样的话让我听得都有点腻了：你认识的人多，给乡上的头头说些好话，会批一块的。父亲一脸认真的神情，总让我难以面对——毕竟是两代人了，不能说谁对谁错，我只能说我有我的生活。但我心里更清楚：爱着，并不一定非得盖一座房子住下来——我的回忆、冥思、遐想以及深夜里曾经写下的许多文字，难道就不是一种居住吗？

那方的天空

◎ 萧 红

又想起了橘园，笼罩着的层层薄雾，飘着橘子的幽香，弥漫着泥土的气息，流着水的小沟沟，踩满脚印的泥巴路，路边摇曳的小野花……

一切都是那样清晰，一切又都是那样模糊。

我与易的家就住在那里，是红墙黑瓦的那种，墙是泥墙。

我与易是从小一起长大的朋友。因为易的父母和我的父母是好朋友，我们也就理所应当地成为了好朋友。冬日里农家难得洗澡，有太阳的午后，就常常看见我们俩在同一个澡盆里嬉戏。

那时候的天总是很蓝，布满了很多梦；那时的人总是很傻的，老想着别人；那时候总是充满阳光。因为有爱。

常常和易坐在橘园的空地上，一起望天，望橘子，数着空中飞过的鸟。手牵着手，光着脚丫走在泥巴路上，还回头看看

泥巴路上留下的一串小脚印，然后开心地大笑，把双脚踩进小沟里去洗脚，让小鱼把脚丫吻得痒痒的，回家后都因为把衣服弄湿而挨骂。

"易，你长大了干什么？"

"种很多橘子树啊，以后你想吃橘子了，爬上树摘就行了。不要你钱，随便你吃！"

说实话，易一点也不喜欢吃橘子，倒是我很喜欢吃。后来，我说，"我也种很多苹果树，因为你喜欢吃苹果！"

虽然是好朋友，但也会吵架。

一次，我俩在高高的平台上玩，由于不小心，我俩都从上面摔了下来。我的头弄破了，她的脚也被铁钉弄出了好多血。我俩吵了一架，都责怪对方不小心，让自己受伤。我们不欢而散。

第二天，我头绑着绷带去找易，当看到脚绑着绷带的易时，我哭了，我摸出衣袋里的苹果递给易，她用手轻轻抚摸着我脑袋上的绷带，用另一只手掏出一个橘子。我俩笑着拥抱在一起。

总喜欢与易坐在院子里，望着天空，数着星星，听奶奶讲故事。幻想自己有个宝葫芦或是一个如意圈什么的，也常常因为那些故事而做出些莫名其妙的傻事。

一个夏天，下起了雷阵雨，外面轰隆隆的雷鸣声，闪亮亮的霹雳，我不禁想起了奶奶讲的故事：在彩虹下面许下的愿会实现，就像在流星下许愿一样。于是，我冲出了家门，一口气跑到了橘园的空地上，丢三落四的我又忘了带伞。这时易急冲

冲地跑来，撑着一把雨伞，拿着一条毛巾，我披着毛巾，易帮我撑着伞。

我俩在雨中傻傻地不知等了多久，终于云开雾散，太阳从云缝中透出来了，远处的天边果真出现了一道彩虹，我和易都快乐地跳起来了。大声呼喊着"我希望易幸福"，"我希望萧幸福"，刚喊完，两人都愣住了，互相看着对方，露出意外而欣喜的笑容。

后来，故事就陷入老套了，我家搬走了，我与易见面的时间也越来越少了。只是偶尔通信，但到了后来，信也没有了。

再回橘园的时候，红墙黑瓦已经没了，泥泞的小路变成了曲曲弯弯的水泥路，刚摘完果子不久的果园，显得疏落而萧瑟，那条小沟里的一点水，死死地趴在沟底，不肯移动一点，儿朵野菊花凌乱地开在路旁，一切都不是记忆中的样子了。

我又见到了易，我的激动让她茫然，似乎再也找不到我俩感兴趣的话题了，到后来，我们渐渐地没话可说。我只是看着易与另一个女孩十分默契地拉手谈话。而我曾经就是她旁边的那个女孩啊！

我走在橘园里，一个人。不知何时，那方的天空下起了小雨。秋日的雨，冷冷的，灌进脖子，凉得很。

迟　　到

☒ 林海音

　　我的父亲很疼我，但是他管教我很严，很严很严。有一件事我永远忘不了……

　　当我在一年级的时候，就有早晨赖在床上不起来的毛病。每天早晨醒来，看到阳光照到玻璃窗上了，我的心里就是一阵愁。心想，已经这么晚了，等起来，洗脸，扎辫子，换制服，再走到学校去，准又是一进教室就被罚站在门边，同学们的眼光，会一个个向你投过来。我虽然很懒惰，可是也知道害羞呀！所以又愁又怕，常常都是怀着恐惧的心情，奔向学校去。最糟的是，爸爸不许小孩子上学乘车的，他不管你晚不晚。

　　有一天，从早晨起下大雨，我醒来就知道不早了，因为爸爸已经在吃早点。我听着不停的大雨，心里愁得不得了。我上学不但要迟到了，而且在这夏天的时候，还要被妈妈打扮得穿

着肥大的夹袄，拖着不合脚的大油鞋，举着一把大油纸伞，一路走到学校去。想到这么不舒服的上学，我竟很勇敢地赖在床上不起来了。

等一下，妈妈进来了。她看我还没有起来，吓了一跳，催促着我。但是我皱紧了眉头，低声向妈妈哀求说："妈，今天已经晚了，我就不要去上学了吧？"

妈妈就是做不了爸爸的主。当她转身出去，爸爸就进来了。他瘦瘦高高的，站在床前来，瞪着我：

"怎么不起来？快起！快起！"

"晚了，爸！"我硬着头皮说。

"晚也得去，怎么可以逃学？起！"

一个字的命令最可怕，但是我怎么啦？居然有勇气不挪动。

爸气极了，一下把我从床上拖起来，我的眼泪就流出来了。爸左看右看，结果从桌上抄起一把鸡毛掸子，倒转来拿，藤鞭子在空中一抡，就发出咻咻的声音。我挨打了。

爸把我从床头打到床尾，外面的雨声混合着我的哭声。我哭号，躲避，最后还是冒着大雨上学去了。我像一只狼狈的小狗，被宋妈抱上了洋车。第一次花五大枚坐车去上学。

我坐在放下雨篷的洋车里，一边抽抽搭搭地哭着，一边撩起裤脚来检查我的伤痕。那一条鼓起的鞭痕，红肿的，而且发着热。我把裤脚向下拉了拉，遮盖住最下面的一条伤痕，我是怕同学看见了要耻笑我。

虽然迟到了，但是，老师并没有罚我站，这是因为下雨天可以原谅我的缘故。

老师教我们先静默再读书，坐直身子，手背在身后，闭上眼睛，静静地想五分钟。老师说：想想看，你是不是听爸妈和老师的话？昨天留下的功课有没有做好？今天的功课全带来了吗？早晨跟爸妈有礼貌地道别了吗？……我听到这儿，鼻子不禁抽搭一大下，幸好我的眼睛是闭着的，泪水不至于流出来。

正在静默的当中，有人拍了我的肩头一下，我急忙睁开了眼，原来是老师站在我的位子边。他用眼势告诉我，让我向教室的窗外看去。我猛一转头看，是爸爸那瘦高的影子！

我刚安静下来的心，又害怕起来了！爸爸为什么追到学校来？爸爸点头招我出去。我看看老师，征求他的同意。老师微笑着点点头，表示答应我出去。

我走出了教室，站在爸面前。爸没说什么，打开了手中的包袱，拿出来的是我的花夹袄。他递给我，看着我穿上，又拿出两个铜板给我。

后来怎么样了，我已经不记得。只记得从那以后，每天早晨我都是站在学校门口，等待着校工开大铁栅门的一个学生。冬天的早晨，站在校门前，戴着露出五个手指的那种手套，举着一块热乎乎的烤白薯在吃着。夏天的早晨，站在校门前，手上举着从家里花池里摘下来的玉簪花，预备送给我亲爱的韩老师，她教我跳舞。

坐在最后一排

◎ 苏小宁

上小学时，我一直是个非常自卑的男孩子。因为笨，因为脾气倔强性格孤僻和同学们合不来，因为不会乖言巧语察言观色讨老师欢心。每次调座位，老师都把我安排到最后两排，而其实我个子很矮。（班里有条不成文的规定，只有好学生才有资格坐前排，而前排中间的位置则是优等生的专座）后来，我索性赌气似的主动要求老师把我和最后一排的一位男同学调换位置，固定地坐到最后一排去。

"为什么?"老师平淡地问。

"因为我眼睛好，他近视。"

我没告诉老师，其实我是全班同学中视力最差的一个。

坐在最后一排的几乎都是调皮的男同学，纵使我很不愿和他们说话，想听课却又看不清讲台上的板书。看着日益模糊的

黑板，我也渐渐对自己失去了信心。后来，我索性加入了他们的小集体，成了杂牌军中的一员。

这样滥竽充数地混了半个学期。班主任调走了，接任的是个年轻的女教师。她一袭白衣，如瀑长发，模样甜甜的。不像个老师，倒是像我的表姐。

"我叫白明，倒着读就是，'明白'，也就是说对每个同学的情况我都能知道得明明白白。"她微笑着自我介绍。我不屑地瞧着她。她真有那么大神通？她会知道我是近视眼吗？她会知道我不想坐最后一排却又倔着性子坐最后一排吗？她会知道……

没想到过了几天，她竟真的注意到了我。

那天语文自习课上，同学们都在做练习册，我也摊开练习册假装做起来。其实我除了做些造句、看图作文之类适合我胡乱发挥的题目外，其他的根本懒得做。我正嚼着笔胡思乱想，一只手伸过来抽走了我的练习册，我一惊，这才发现白老师已经站在了我的身后。

"小脑瓜想什么呢？"她亲切地弹了弹我的脑壳。从未享受过如此"礼遇"的我禁不住心头一暖，但还是老老实实地趴在桌上，胆怯地听着她翻阅练习册的声音。过了世界上最漫长也最短暂的几分钟，我畏惧地等待着习惯性的雷霆暴怒，却惊奇地听见她轻柔的笑声。

"这些句子都是你自己做的吗？"

"嗯。"

"非常好，很有想象力。'花骨朵儿们在树枝上聚精会神地倾听春天'，多有灵性啊。可你为什么不说，'倾听春天的脚步'呢？"

"有时候春天是没有脚步的，是披着绿纱乘着风来的。"第一次受到如此嘉奖，我顿时大胆起来。

她没有说话，轻轻地拍了拍我的头，走上了讲台，以我的练习册为范本讲起了造句。那半个小时的时光是我上学以来第一次感到快乐和幸福的时刻。我想我当时肯定有些眩晕和迷醉了。直到下课后同学们纷纷向我借练习册时，我才如梦初醒。惊慌失措地把练习册塞进书包里。——要是让同学们看见那上面大片大片的空白区，我该多丢人啊。

这天夜里，我把没做的题目全部认认真真地补上了，通宵未眠。

在我笨拙而勤恳的努力下，我的各科成绩竟然很快进步起来。可由于眼睛近视看不清板书，也给学习造成了一些不大不小的障碍。我没敢告诉白老师。我问自己：你有什么资格向白老师提要求？

一天，她来到班里旁听数学课，因为没有课本，便和我坐在一起合看。等到做课堂练习，她便看着我做题。

"这是 7，不是 1……这是 8，不是 3……"她轻声纠正着："怎么抄错这么多？你近视？"

我没有说话，眼泪竟大滴大滴落下来。

日子慢慢地过去，终于有一天，白老师宣布进行语文测试，她郑重声明"前五名有奖"。有奖当然令人兴奋，同学们暗地里都紧张地忙碌起来。一向对考试毫不在意的我也禁不住跃跃欲试，积极地准备着。

公布成绩那一天终于来了。白老师点评完试卷，最后才公布分数："第一名是苏小宁。"

天啊，我是第一名。

"这次考试，同学们的成绩普遍不错，有个别同学进步很大，比如苏小宁。他坐在最后一排，眼睛还近视，可他不怕困难努力进取，终于取得了优异的成绩。我不但要奖他前五名应得的奖品，还要再给他一份特别的奖励。"

"苏小宁！"

我站起来。

"这是你的位置。"她指着第一排中间的座位："你今后就坐这里。"

我懵懵懂懂地在那里坐下来，

"希望同学们向苏小宁学习。要知道，这世界上有最后一排的座位，但不会有永远坐在最后一排的人。"

这件事已经过去许多年了，这许多年里我淡忘了许多人和事，但那最后一排的位置和白老师的笑容，至今仍历历在目、刻骨铭心。

山路弯弯

◎ 谷 声

读高中的三年，我一直是步行在家与学校之间40公里的山路上的。40公里的山路，现在连自己听起来都有些胆怯了，但上高中的第一学期，我就回了6次家。第一次出远门，太想家了。大概就是因为这种想家的心情，那几次我一点也没体会出走山路的感觉，自然也没有真正学会走山路。

高考下来，紧张的神经放松了许多，与老师同学们告别后，匆匆捆好铺盖、衣服和复习资料，背着回家等录取通知书去了。这一次不是"想回家"，而是学习告一段落回家休整；不是"轻装"走路，而是"负重"远行。

从前的感觉没有了。走了十几里，就筋疲力尽，举步维艰了。我歇下来，躺在路边，想着长长的山路，什么是山路？山路不就是转不完的弯吗？翻过一条沟壑，就是转了一个向下的

弯；越过一道山梁，就是转了一个向上的弯；绕着山根转，围着山腰旋，左一个弯，右一个弯，弯弯相扣。几乎同时找出捕捉到一点走山路的灵感：我是回家去，但我并不去想怎样走到家里，只是如何走过一个个大大小小的"弯"。我盯着前面那棵树，把它看做一个"弯"的尽终点，咬紧牙关往前走。这是个看得见的"具体"的东西"近在眼前"，心里总觉得走到那里不会太难，于是就走到了。到了那棵树，又眼盯着前面的山崖口，把它作为另一个"弯"的终点，脑子里一点不想山崖口前头的路，一点也不考虑要给下一段路分配力气，只管拼命往山崖口走。于是就走到了，于是又缩短了一截回家的路……

就这样，一个"弯"一个"弯"地各个击破，太阳落下不久，我居然就回到了家里。我一下子没有了下个"终点"，身体瘫软了，精神崩溃了，再要我走一步路似乎都不可能了。母亲一再埋怨："半路上有的是人家，咋就不知道借一宿歇歇脚。"父亲说："这小子有点拼搏精神！"我从中似乎能听出一种隐隐约约的夸赞。

假如那一天，我想到要去借宿，那么，或许第二天可能还要在外边过一宿；假如我到陌生人的家里去借宿，那么，说不上就会遇到热心人容留我，也很可能相反碰上另一类人推我出门。但是，我走了，一直走到了家里。我没有感受到别人的温暖，更没有遭遇别人的冷酷无情。我十分珍惜这种与别人相互对视的关系。

　　我庆幸那一次策略，虽然其中搀和着许多的盲目和无意，但我却得到了一种自觉的、可以永久使用的奔向最终目标的思想和行为方式。

　　我们常说"人生之路"，如果人生真是一条路的话，那么它就肯定是一条长长的弯弯相扣的山路；如果你觉得自己已经上路的话，那么你就肯定是负重在身的。每个人都会有自己的长远目标，但是，如果一心想着那个遥远的地方，那么很可能在行程中就会失望，就会泄气，甚至会躺倒不干，半途而废。

　　路是一步一步走的，日子是一天一天过的，事情是一件一件办的。如果按照"山路原理"，把一步路、一天日子、一件事情都看成人生的一个"弯"的话，那么，走一步看一步，过一天算一天，干一件是一件的分段前进的办法就不失为一种智慧了。只要下决心走好每一步路，踏踏实实过好每一个日子，拼死拼活干好每一件事情，才配得上有一个远大的奋斗目标，也才能走向那个寄自己一切心情的精神家园。

　　"千里之行，始于足下"，我是一个走惯了山路的人，走在任何路上都有一种走山路的感觉。

租个儿子过年

○ 宗利华

看到那则启事，他的眼睛亮了一下。

启事的内容别具一格：期望一名有爱心有亲情观念的男孩子和我们一道过除夕之夜。署名是：一对年迈的老人。

他笑了，毫无疑问，那个地方太适合他当前的处境了。于是，他给老人打电话，说明自己的意思。那端的女人显得异常兴奋！他听女人说，老头子，终于有人打电话来了！

按照地址，他敲开了那家的门，这是一个在这座边远小城常见的四合小院。迎接他的两位老人比他想象的还要老，头发都花白，而且步履蹒跚。

他正不知道称呼什么才好，却见女主人眼圈发红，嘴角抽动着说，孩子，你终于回家了！

他觉得什么部位被猛地敲击了一下，眼睛就潮湿了。他不

由自主就脱口而出：妈，儿子回来了！他一下想起自己的母亲了。

于是，一切顺理成章了，他被父母拥着走进屋子。一进屋，那种家的感觉就扑面而来。母亲拍打着他身上的尘土，父亲不动声色地递过一杯红糖水。他开始逐渐进入角色。母亲领着他说，你的房间早就为你收拾好了，一切都是老样子。这边是洗手间，这边是厨房。你先洗一洗，然后，咱一起包水饺。

他洗了一把脸，一边擦着，一边踱进了他的房间。突然视线里就出现了一张放大的照片，是一个二十岁左右的男孩。

那是我们的儿子。他一回头，就发现老头站在身后了。但老人说完这句话，就闭了嘴。

这时，母亲在外面喊起来，洗好了没有，你们爷儿俩在那里磨蹭什么？老头马上换了脸色，笑着说，好了，我们就去。

水饺馅是早调好了的。母亲已在擀皮儿了。擀面杖在她的手下发出欢快的声音。他挽挽袖子，坐下来，开始揉面。以往春节，在家里就是这种情景。父亲的任务是烧水，这是一项轻快活，倒上水，打开炉子，就没事了。于是坐在一边，安静地瞧着娘儿俩快乐地忙活。母亲开始讲一些琐碎事情了。那些事情，他并不感兴趣，但他知道母亲喜欢，所以就听着，有时他会插问一句，母亲就把手里的活暂放一下，瞧着他，跟他解释。

水饺出锅以前，是要放鞭炮的。

母亲的情绪在这时达到了顶点。她站在屋檐下，看着夜空里烟花缤纷，脸上漾着光芒，指挥着说，咱们也可以点鞭炮了。于是，他点燃了，母亲竟拍着手到院子里来了，而且，在鞭炮声中，她像孩子般地跳起来！

然后，一起吃水饺，一起看春节晚会，一起说着笑着。直到母亲累了。母亲说，我真高兴啊！可我是真累了。父亲走过来，说，你得休息一下了。

他在那天晚上睡得非常踏实。连日的疲惫一扫而光了。当新一天的阳光照射进窗口时，他才突然醒来，一下子坐起，半天才清楚了发生的事情。

那对老人看上去神情黯然了。老太太走过来，给他系系扣子，说，孩子，我知道，无论怎样，我不会取代你母亲在你心中的位置，记着，漂泊在外的时候，常给父母打个电话，抽空儿回家看看他们……

他觉得眼眶一热，看到老太太泪水流下来了，于是伸手轻轻地替她擦拭，一边点着头说，我知道了。

老头送出来，悄悄地掏出一张钱，说，真的非常感谢你，这是你的报酬，我们拿不出更多的钱来了。

他坚决不肯要。他说，你们已让我明白太多东西了。

老头仍道着谢，是你了却我们一份心愿。你大妈，她实际上，活不了几天了，她得了癌症！她最大的心愿就是陪儿子在除夕夜再吃一顿她包的饺子。可我们的儿子，他，再也吃不到

了。

他根本没听清老人后来在说什么，在那一瞬间，他忽然觉得自己变了模样。

辞别了老人，他飞快地奔向电话亭，拨通了自家的电话。话筒里传来老母亲的声音时，他已是泪流满面了。母亲一下子叫出了他的名子！母亲没听到他说话，就知道是自己的儿子了！

半天，他哭着说，妈，我想回家！

电话亭里的小姐莫名其妙地瞧着他。

她当然不可能知道，这个打电话的人是一个在逃犯。

一生走不出您浓浓的爱

☑ 林风谦

母亲刚怀上我，便查出心脏病。医生建议打胎，母亲摇头说不。她用生命作赌注，给了我新生。

1 岁那年，清贫的生活使母亲奶水不足，每天她抱着我到 3 里外的一个村里，找人喂奶。

2 岁那年，据说我还常常尿湿被褥，母亲不厌其烦为我换洗。

3 岁那年的一个深夜，我突然发高烧，父亲不在家，母亲抱着我一口气跑到 10 里外的乡医院。那是 10 余里崎岖不平的山路啊！

4 岁时，我偷拿了别人的东西，遭到母亲一顿打。母亲只打过我这一次，打得毫不留情。

5 岁那年的一个冬夜，母亲为一个上门讨饭的老人煮了两

个鸡蛋。那时的鸡蛋是逢年过节才舍得吃上一次的奢侈品。母亲说："娃，人有难处时帮一把，心里踏实些。"母亲厚道的话，使我明白——拥有爱心，人活着才会踏实，有意义。

6 岁时，邻居王伯杀了头猪，送来半斤肉。当时，吃晚饭不点灯，昏暗中母亲"误吃"了一块肉，即刻又吐出来，放到我的碗中。

7 岁时，我得了一场大病，家乡一位老赤脚医生说须用螳螂卵做药引。此物多生于高高的树梢。寒冬腊月，母亲持一竹竿出门了。回来时，母亲一头乱发，脸上有几道血痕。手中紧紧攥着一把螳螂卵。

8 岁时，母亲卖掉惟一的嫁妆——手镯，送我上了小学。

9 岁那年的冬天格外冷，母亲拆掉自己的毛衣，在昏暗的煤油灯下，为我改织了一套毛衣裤。也就在那个冬季，因为寒冷和劳累，母亲落下病根。

10 岁那年，我调皮贪玩，两门功课不及格，母亲没有骂我，只说："以后好好学。"

11 岁那年，我再次让母亲蒙受了耻辱，期终考试后的家长会上，班主任将成绩单按好坏顺序逐一送到家长手中。当着众人的面，母亲最后一个领到通知单。回到家，母亲把我叫到跟前，说："娃，娘不懂文化，可你不能不懂啊！"

13 岁，我到离家 20 里外的中学读书。每个周末，母亲瘦弱的身影就会出现在校园，为我送来干粮和一把皱巴巴的毛

票。

14 岁, 一场大火使家中一贫如洗, 母亲走东家, 串西家, 东拼西凑, 起早贪黑, 支撑起整个家, 没让我退学。

15 岁, 母亲病重。从学校赶回家, 看到面容憔悴的母亲, 我哭了。母亲说: "不哭, 你啥时见娘哭过。"

16 岁, 母亲送我进了县高中。

17 岁, 母亲开始让别人为我捎粮和钱。她怕自己的样子让我在同学面前难堪。

18 岁, 高考给我当头一棒, 我万念俱灰, 在床上一躺三四天, 母亲来到床边说 "娃, 娘不懂什么大道理, 可娘知道, 只要自己不倒下, 啥道走不通呢?" 母亲的话解开了我心中的疙瘩。

19 岁, 我报名参军, 送别时, 许多为儿送行的母亲落了泪, 惟有我的母亲没哭。她说: "放心去吧, 穿上军装就是部队的人了, 莫想家, 好好干。"

20 岁, 我荣立三等功。接到喜报, 母亲落了泪。

21 岁, 我入了党, 母亲又哭了。

22 岁, 我考上江南一所美丽的军校。

如今, 我已从军校毕业走上了工作岗位。

但是, 儿行千里, 走不出母亲您浓浓的化不开的爱。

挽　留

◎　刘心武

　　因为小健期中考试成绩提高不多，他妈妈决定辞掉做家教的大学生王郦。那天下午是王郦来进行最后一次辅导——分析期中考试的各科试卷。

　　小健和妈妈去了趟附近商厦，回楼时刚好和王郦相遇在街角。他们互相打招呼时，街角那儿有个突发事件——一辆运送果品的带斗汽车在拐弯时，因为上面堆码的纸箱没有固定好，最高处一只纸箱跌落了下来，并且立刻裂开，滚出了许多猕猴桃来。开车的司机没有发现，车子飞快地驶远了。这时就有一些过路人去捡拾那些猕猴桃。有个骑自行车的男子，捡了不少抱在胸前，摇晃着身子，往自行车前面的铁筐里装，那自行车就停在小健身旁的马路边。小健驻足观望，妈妈拽着他手臂拉他回家。后来母子俩和王郦一起进了家门。

王郦和小健在那边屋里，小健妈在厨房里准备晚饭。这是最后一课，事前已经在电话里跟王郦挑明。小健妈跟出差在外的小健爸通电话时，他对她说："现在愿意做家教的大学生有的是，物美价廉，任咱们挑选，王郦既然没有能给小健提高几分，好说好散就是。"是呀，散是散定了，一会儿怎么个好说，且打打腹稿。

小健妈到厅里餐桌边坐下择菜，耳朵里捕捉着那边屋里的声息。王郦正在给小健分析语文试卷。

只听小健说："……你跟我说这个干什么？卷子上又没有……"

是不是因为反正就要撤退了，王郦在胡乱敷衍？小健妈把身子侧得更厉害些，择菜叶的动作仿佛电影里的慢镜头。

王郦在说："……刚才楼下，街角那儿，那个捡猕猴桃的人，离咱们好近，是吧？你注意到他的肢体语言了吗？肩膀左右晃悠，头也一扭一扭的……要知道，人的修养、品格，不仅体现在话语上，也不仅体现在面部表情上，有时候会更多地体现在肢体语言上，那是很微妙的。你从小就应该懂得观察、分析人的肢体语言……你说，他那肢体语言，加上那脸上的表情，是在传达着怎样的意思？"

我知道，他是在说："今天真捞着了呀！他高兴得不得了！是呀，买彩票得大奖，总还掏了点钱呀，他那些猕猴桃可是白来的啊！"

"你对他的这种精神状态，作怎样的评价？"

"嗨，他不对呗！这谁不知道？怎么，要我就这事儿写篇小作文吗？考都考完了，还模拟什么？"

"……我只是想跟你交流一下内心的感受。你知道我看见他那肢体语言，很受刺激。过去上语文课，老师也给我们解释过这些词语：卑微、卑下、卑贱……那个人也许并不是非常糟糕，社会上有些人比他更污秽，不是还有刑事犯罪的吗？我是想，我们这样家庭的学生，一般对刑事犯罪是深恶痛绝的，但是对人格的自我把握，有时候就不那么自觉。比如看到这样一个捡猕猴桃的人，呈现出那一种'咦呀，今天可让我捞着啦'的肢体语言，如果只是觉得有趣，或者竟麻木不仁，那就不好了……我觉得应该从心底里发出一种鄙夷，那个人真是太卑下了！"

"他不过是捡了些猕猴桃罢了，没偷没抢，警察来了又能把他怎样？"

"……可是我觉得触目惊心。这种事不能做，更不应该有这样卑下的心理活动和情感表达……"

"那你又能把他怎么样？抓起来吗？狠批一顿吗？当时，你不也没去干涉他吗？人家骑上车，一溜烟儿远了去……现在，肯定在他家吃那些猕猴桃呢！"

"是的，我也没能站出来制止他……为这事确实也犯不上去抓他，但是，我心里当时咯噔一声，现在到了你家还想跟你

交流交流……我不仅为他的卑下感到羞耻，而且，不知道你能不能懂，我还为他的卑微感到心酸……我知道自己很渺小，连家教这样的事情都没能做好。但是我已经决定，一旦走上社会，我不仅要干预卑鄙的行为，更要努力去教化卑下的灵魂，这是上个世纪初，鲁迅先生就开始努力去做的事情……而且，我也相信，在这个过程里，自己的灵魂也会得到净化……哎，对不起，我说这些，你听着吃力吧？"

"我听不大懂，可是很好听……"

"你愿意听我很高兴。其实，怎样才能提高作文水平？对生活，对人，像今天的事情，对那样的肢体语言，能在心里头引起比较多也比较深的、动感情的思考，是第一位的，写作技巧当然也重要，但那只是个技术性问题……"

小健先把目光移向门边，王郦随之也扭头望去。是小健妈系着围裙，一手扶着门框，一手下垂，眼里有湿润的光。

那回没成为最后一课。王郦走后小健妈跟小健爸通电话时说："我挽留了她。你回来我跟你详谈。"

进当铺的男孩

◎ 毕淑敏

儿子有一天对我说，他们班同学有一支派克笔要出让，开价人民币 100 元整。

这笔是什么来路？不会是赃物吧？我说。

儿子说笔的来路绝对正当，是那同学的亲戚送的，他因已有了一支，故将这支卖出，肯定是原装。

我看出儿子的渴望，就说，我认为一个孩子现在就用派克笔，有点为时过早。

儿子激烈地反驳说，派克笔也是少儿不宜吗？

我被噎得没话回答，就说，这笔太贵了，没有那么多的钱。

儿子转了一下眼珠说，您的意思是只要我可以搞到钱，就可以买下这支笔啦？

我当然不是这个意思，但一时也琢磨不出更好的理由回绝。想他一直是个守本分的孩子，手中并无积攒的闲钱。现在离春节还很远，也没压岁钱供他挥霍。只要实行经济封锁，他的梦想就是镜中之花。于是支吾着说，是啊，是啊。

儿子说，买笔的事，咱们一言为定。

我说，钱的来路需光明正大。

儿子说，您就放心好了。

过了两天，儿子把他的世佳游戏机妥妥帖帖地捆起来，结实得好像一个炸药包。我随口问了一句，又要借给哪个朋友玩啊？

儿子龇牙笑着说，这一次不是借给人家，是放进当铺里换点现金。

我吓得跳起来，抚着胸口说，请你把话再说一遍，我大概耳背，实在听不明白。

儿子说，为了买笔，我需要钱。我检点了一下我的所有财产，就数这台游戏机值钱了。我去当铺里问了一下，大约可当250元，可惜您把发票弄丢了，要不然还可以多当些。

我说，天啊，你小小的年纪就知道进当铺了，长大了一定是个败家子。

儿子奇怪地说，这和败家子有什么关系？反正从现在到暑假的日子，我都没有机会玩游戏机了，放在家里什么用也没有。进了当铺，我就可以用钱买到笔……

我不客气地打断他的话，可是你拿什么来赎呢？医得眼前疮，剜却心头肉。到时候没有钱，你的游戏机就成了死当（我好不容易从以前读过的旧小说中记起了"死当"这个词，用得恰是地方）。

儿子不慌不忙地说，以后我每个月都从伙食费里节省一些，到了暑假的时候就可以把游戏机赎回来了。当铺的库很严密，还有空调，游戏机搁在那里，真是比家里还保险呢。

我瞠目结舌。面对着这种无懈可击的计划，只能自叹弗如。

儿子说，要是等我慢慢地把钱攒够了，我们同学的派克笔早就拍卖出去了。我觉得当铺没有什么不好的，可以救人急难。

我们的争论告一段落。

后来，儿子还是把同学的派克笔买了回来，用的是我贷给他的 100 元钱。

我一再声明贷款是无息的，而且偿还期可以拖得很长，不必他短时间内压缩伙食费还贷，以保障身体健康。

儿子从此用派克笔流利地写作业，但提起此事时，表情却是悻悻的。

他说我给的钱有"嗟来之食"的味道，还是自己进当铺来得理直气壮。

140

访母校·忆儿时

◎ 林海音

  我的小学母校是在大陆的北平，地址在和平门外厂甸，简称厂甸师大附小。北平的师范大学，有附属中学和附属小学，在同一社区，是文化古都北平有名的校区。我第——次返第二故乡北平，访母校附小是 1990 年 5 月的事。一群夏家的子侄陪我一道去，因为他们也都是附小毕业的，就连他们的子女，现在也都在附小读书，是一家三代的母校了。

  校园还是老样子，大校门进去，是环抱两条斜坡的路，因为校园比大街高出许多。上了坡，眼前显现的是广大校园前部，一年级的教室仍在左手边！脑海里立刻浮现出下雨天我上课迟到，爸爸给我送衣服来的情景，那已经是六十多年前的事了。前方对面望去，有一排房子，当年是专为男生上课的劳作教室。旁边还有两个窗口的房子，是排队买早点烧饼麻花（即

油条）的地方。

我记得我的门牙掉了，吃起东西来抿着嘴，吃烧饼麻花也一样，又难看又不舒服。北平的小孩子掉了门牙，大人见了常会开玩笑说："吃切糕不给钱，卖切糕的把你门牙摘啦？"切糕是一种用黄糯米粉和红枣、芸豆、白糖蒸出来的糕，像我们台湾的萝卜糕一样大，人人都爱吃。

从校园向右往里走，经过二年级教室、花圃，穿过大礼堂、音乐教室，豁然一亮，就到了大操场和右手一排依旧是临街墙的老楼房教室，操场也还和从前一样，有滑梯、秋千、转塔等。想到我那时从前面的一、二年级升到后面的三、四年级，升高长大，心中好不得意。转塔、秋千、滑梯是我的"最爱"！

进到楼房廊下，看见一间教室的外墙上，钉着一个牌子，上面横写着三行字：

邓颖超同志

1920 年至 1921 年

曾在此教室任教

看起来很亲切，可见他们对邓颖超女士的敬重。她是周恩来的夫人，一对模范夫妇，他们生活简朴，一向喜爱收养抚育孤儿，非常有爱心，所以受人敬重。前些时（七月十一日）邓女士以八十八高龄于久病后故去，我们也一样地悼念她。

校园没有变动，这栋楼房也是我在三、四年级上了两年课

的地方。上下课的时候，钟声一响，群生奔向楼梯，木板被踩得咚咚响，我现在还好像听到吵人的声音。

　　校园的最后面，也就是楼房的右边，原有一排矮屋，是缝纫教室和图书室，但是现在却没有，太陈旧矮小被拆除了吧！但是我在这儿却有着难忘的生活。女生到了三年级就要到这间教室学针线。这屋里有两张长桌和一排靠墙的玻璃橱，橱里摆着我们的成绩——钩边的手绢、蒲包式婴儿鞋、十字刺绣等等。教室的另一头是图书室，书架上是《小朋友》、《儿童世界》杂志，居然还有很多商务印书馆出版的林纾、魏易用浅近的文言所翻译的世界名著，像《基度山恩仇记》、《二孤女》、《块肉余生记》、《劫后英雄传》……等等，我都囫囵吞枣地读过，可见得，当我白话文还没学好的时候，已经先读文言的世界名著了，奇怪不奇怪！

　　在后面绕了一圈.又回到前院去，到我二年级的教室前拍了一照，因为它仍是当年我上课的教室，没有变动。我忽想起我上二年级的糗事，算术开始学乘法，我怎么也不会进位，居然被级任王老师用藤教鞭打了几下手心，到今天还觉得羞愧脸热。

　　今天走到这儿，拍了照，我忽然对晚辈讲起这些糗事并且笑说："是不是我也可以在教室外挂一个牌子，上面写：林海音同学一九二五年至一九二六年曾在此教室挨揍。"子侄们听了大笑！

五、六年级的教室，就在二年级教室的东面。我们升入六年级的第一天，下午下课前，新级任李尚之老师，指定几个男同学，要他们下了课留在教室，先不要回家。大家疑心重重，不知道是什么事要他们留下来，打扫教室？挂贴画表？功课不好需要补习？

有一些好事的同学便也留下来不回家，躲到离教室远远的角落看动静。

第二天，你们猜是怎么回事？

好事听动静的同学告诉我们了。原来昨天教室门关起来以后，只听见李老师叫那几个男同学一字排列，严辞厉色地说，他知道他们几个人在五年级时是班上闹得不像话、又不用功的学生——五年级的钱老师是个老秀才，是好人，但是管不住学生，我就是从钱老师班上升上来的，所以我知道——现在到了李老师班上。李老师说到这儿便拿起了藤教鞭，"咻！咻！"两下子，接着说："到了我这班上，可没这么便宜！"便接着在每人身上抽了几下，几个出名的坏学生，便闪呀躲呀的，可也躲不及，只好乖乖的各挨了一顿揍。

"你们怎么知道？不是教室关紧了吗？"我们女同学问。

"趴在门窗缝看见、听见了呀！"淘气的男同学扮着鬼脸说。

"也欠揍！"我也不客气地撇嘴对男生说。

小学的最后一年，在李尚之老师的教导下，我们成了优秀

和模范班，矮矮胖胖、皮肤黝黑的李老师，是河北省人（附小的老师几乎都是河北省人），他虽严厉，但教课讲解仔细，也爱护我们，我们实实在在地受益不少。这一年中也有不少学生（男生最多）挨了揍，但是我们不觉得有什么不妥当，和现在有的老师拿打人出气是截然不同的。

我在附小记忆中的老师像教舞蹈体育的韩荔媛老师，教缝纫的郑老师，二年级级任王老师，五年级级任钱老师（他的名字是钱贯一反过来念就是"一贯钱"啦！）都是一生难忘的。

我们附小主任是韩道之先生，他是韩荔媛老师的父亲。记得上三年级的时候，有一天他召集全校女生到大礼堂去听他训话，他发表谈话说，我们身体发肤受之父母，所以不可毁伤的伦理观念，劝大家不要随时髦剪掉辫子。因为那时正是新文化运动，西洋的各种风气东来，一股热潮，不但文化、衣着、生活上的种种习俗都改变了，剪辫子留短发也是女学生（甚至我母亲那样的旧式家庭妇女）的新潮流，韩主任的一番大道理，谁听得下去，过不久还不是十个女生有九个剪掉黄毛小辫儿，都成了短发齐耳了。我当然也是。

前面我说过，我们的缝纫教室也是学校图书室，我喜欢看书架上的杂志《闺朋友》和《儿童世界》。《小朋友》是中华书局出的，《儿童世界》是商务印书馆出的。《小朋友》的创办人有一位是黎锦辉先生，他对中国的音乐教育太有贡献，我们是中国新文化开始后第一代接受西洋式的新教育，音乐、体

育、美术，都是新的，我们小学生，几乎人人都学的是黎先生编剧作曲的歌剧，像《麻雀与小孩》（太有名啦！）、《小小画家》、《葡萄仙子》、《可怜的秋香》、《月明之夜》，哪一个不是小朋友们所喜欢、所唱过的哪！他办的《小朋友》杂志是周刊，每到星期六，我就等着爸爸从邮局（他在北平的邮局工作）提早把《小朋友》带回来。上面我爱看《鳄鱼家庭》，还有王人路（他是电影明星王人美的哥哥）的翻译作品。记得有一期登了一篇小说，说是一个王子慈善心肠，他走在路上很小心，低头看见地上有蚂蚁就踮着脚尖走，不愿踩到蚂蚁，这给我的印象很深，我虽然是任意走路的人，但是真的低头看见蚂蚁，也会不由得躲开走呢！这都是受了《小朋友》上小说的影响吧！

等我长大了，进了中学，当然满心阅读新文艺作品和翻译的西洋作品，《小朋友》就不知道什么时候从我的读书生活中消失了。

今年的暮春五月，我们一群儿童文学工作者到上海、北京、天津去和大陆上的同好者开会，热闹极了，亲热极了。我在会场上认识了许多人，重要的是在上海的会中，桂文亚给我介绍了今年八十六岁的陈伯吹老先生，他一生至今都是从事儿童文学工作，写作、编辑或教书。他虽是快九十岁的人了，但健康的气色、红润的肤色、亲切的谈吐，都使人有沐浴春风的感觉。大家都很敬重他，我也一样，给他拍了照片。

　　这时台北的陈木城过来了，他说："来，林先生和七十岁的《小朋友》合拍一张。"原来他拿来的是一本《小朋友》创刊七十周年纪念号，全书彩色，虽然是二十四面薄薄的一本，但七十岁可是个长寿呀！算起来这位"小朋友"还比我小，我们都这么健康，我虽然这么大岁数，也没有失掉孩子气，我愿意像陈伯吹先生一样，一生都要分出时间来为孩子们不断地写！

三更有梦书当枕

◎ 琦 君

我 8 岁开始读"四书",《论语》每节背,《孟子》只选其中几段来背。老师先讲孟子幼年故事,使我对孟子先有点好感,但孟子长大以后,讲了那么多大道理我仍然不懂。肫肝叔真是天才,没看他读书,他却全会背。老师不在时,他解说给我听:"孟子见了梁惠王,惠王问他你咳嗽呀?(王曰叟)你老远跑来,是因为鲤鱼骨卡住啦?(亦将有以利吾国乎?故乡土音"吾""鱼"同音。)孟子说不是的,我是想喝杯二仁汤(亦有仁义而已矣)。"他大声地讲,我大声地笑,这一段很快就会背了。老师还教了一篇《铁他尼邮船遇险记》。他讲邮船撞上冰山将要沉没了,船长从从容容地指挥老弱先上救生艇,等所有乘客安全离去时,船长和船员已不及逃生,船渐渐下沉,那时全船灯火通明,天上繁星点点,船长带领大家高唱赞

美诗，歌声荡漾在辽阔的海空中。老师讲完就用他特有的声调朗诵给我听，念到最后两句："慈爱之神乎，吾将临汝矣。"老师的声调变得苍凉而低沉，所以这两句句子我牢牢记得，遇到自己有什么事好像很伤心的时候，就也用苍凉的声音，低低地念起："慈爱之神乎，我将临汝矣。"的确有一种登彼岸的感觉。总之，我还是非常感激老师的，他实在讲得很好，由这篇文章，使我对文言文及古文慢慢发生了兴趣，后来他又讲了一个老卖艺人和猴子的故事给我听，命我用文言文写了一遍《义猴记》，写得文情并茂，内容是说一个孤孤单单的老卖艺人，与猴子相依为命。有一天猴子忽然逃走了。躲在树顶上。卖艺人伤心地哭泣着，只是忏悔自己亏待了猴子，没有使它过得快乐幸福，猴子听着也哭了，跳下来跪在地上拜，从此永不再逃，老人也取消了他颈上的锁链。后来老人死了，邻居帮着埋葬他，棺木下土时，猴子也跳入墓穴中殉主了。我写到这里，眼泪一滴滴落下来，落在纸上，不知怎的，竟是越哭越伤心，仿佛那个老人就是我自己，又好像我就是那只跳进墓穴的猴子，确实是动了真感情的，照现在的说法，大概就是所谓的"移情作用"吧。老师虽没有新脑筋，他教导我读书和作文，确实有一套方法。可惜他盯得太紧，罚得太严，教起女诫女论语时那副神圣的样子，我就打哆嗦。有一次，一段左传实在背不出来，我就学母亲拊着肚子装"胃气痛"。老师从父亲大书橱中取出来的古书冒着浓浓的樟脑味，给人一种回到古代的感

觉。记得那部《诗经》的字体非常非常的大，纸张非常非常的细而白，我特别喜欢。可惜我背的时候常常把次序颠倒，因为每篇好几节都只差几个字，背错了就在蒲团上罚跪，跪完一支香。起初我抽抽咽咽的哭，后来也不哭了，闻着香烟味沉沉地想睡觉，就伸手在口袋里数胡豆，数一百遍总该起来了吧。

有一天，那位爱偷吃母亲晒的鸭肫肝的堂叔设法打开书橱，他自己取了《西厢记》、《聊斋志异》等等，给我取了《七侠五义》、《儿女英雄传》，我们就躲在谷仓后面，边啃生蕃薯边看，看不懂的字问肫肝叔。为了怕二妈发现，我们得快快地看，因此我一知半解，不像肫肝叔过目不忘，讲得头头是道。但无论如何，我们一部部换着看，背着老师，倒也增长了不少"学问"。在同村的小朋友面前，我是个有肚才的"读书人"。他们想认字的都奉我为小老师，真是过足了瘾，可见"好为人师"是人之天性。

幸好这时我的另一位在上海念大学的二堂叔暑假回来了。他带回好多杂志和新书，大部分都是横着排印的，看了好不习惯，内容也不懂。他说那都是他学"政治经济"的专门书，他送给我一本《爱的教育》和一本《安徒生童话集》，我说我早已读大人的书了，还看童话。他说童话是最好的文学作品之一种，无论大人孩子都应当看。他并且用"官话"念给我听。他说"官话"就是人人能懂的普通话，叫我作文也要用这种普通话写，才能够想说什么就写什么，写得出真心话。老师不赞成

149

他的说法，老师说一定要在十几岁时把文言文基础打好，年纪大点再写白话文，不然以后永不会写文言文了。我觉得老师的话也有道理，比如我读林琴南的《茶花女轶事》、《浮生六记》、《玉梨魂》、《黛玉笔记》等，那种句子虽然不像说话，但也很感动人，而且可以摇头摆尾地念，念到眼泪流满面为止。二叔虽然主张写白话文，他自己古文根基却很好。他又送我苏曼殊的《断鸿零雁记》，害我读得涕泪交流。这些"爱情"书，都是背着父亲和老师看的。我那时的兴趣早已从"除暴安良"的武侠转移到"海枯石烂"的言情了。

我到杭州考取中学以后，吃斋念佛的老师觉得心愿已了，就出家当和尚去了。我心头去了一层读古书的压迫感，反而对古书起了好感。寒暑假，就在父亲书橱中，随意取出一本本线装书来翻翻，闻到那股樟脑味，很思念老师。父亲要我有系统地读四史，《古文辞类纂》和《十八家诗钞》由他选了给我读，可是我只能按着自己的兴趣背诵。父亲有点失望，他说我将来绝不是个做学问的人，这一点是不幸而言中了。

从学校图书馆中，我借来很多小说和散文，尤其是翻译小说。父亲对朱自清、俞平伯的文章很欣赏，可是小说仍不赞成我多看。我倒也用不着像小时候那么躲着他偷看。那时中学课业不像现在繁重，课余有的是时间，我看了巴金、老舍、茅盾等人的小说。西洋小说中，我最爱罗曼·罗兰的《约翰·克利斯多夫》，反复看了好几遍，奥尔柯德的《小妇人》是当英文课

本念的，我们又指定看《好妻子，小男儿》的原文，因为文字较浅。其他如《简·爱》、《傲慢与偏见》、《悲惨世界》，亦使我爱不释手，尤其是《小妇人》和《简·爱》。我感到写小说并不难，只要有一颗充满"爱"的心，记得当时还模仿名家笔法，写了一个中篇小说《三姐妹》，大姐忧郁如林黛玉，日记都是文言文的；二姐是叛逆女性；三妹天真无邪，写得情文并茂，自谓融《红楼梦》、《小妇人》和《海滨故人》于一炉，此文如在，倒是我真的处女作呢。二妈向我借去《茶花女》和庐隐的《象牙戒指》，又一句句地念出声来，念完了偏又说："如今的新派小说真罗嗦，形容句子一大堆，又没个回目。"

151

教我国文的王老师叫我看《宋儒学家》、《王阳明传习录》、胡适《中国哲学史大纲》，可是对我来说，这些书都太深了，倒是传习录平易近人。那时启发心智的书不及现在这么丰硕，我本是个不喜爱看理论书的人，父亲恨不得我把家中藏书都读了，我却毫无头绪地东翻翻西摸摸。先读《庄子》，读不懂了放下来再抽出《楚辞》来念，念《离骚》和《九歌》时，不禁学着家庭老师凄怆的音调低声吟诵起来，热泪涔涔而下，觉得人生会少离多，十分悲苦，心中脑中一团乱丝理不清。我写信给故乡的二叔和肚肝叔，他们的回信各不相同。二叔劝我读唐诗宋词，寄给我一本纳兰的《饮水词》、吴苹香的《香南云北庐词》与李清照的《漱玉词》，叫我细读。

父亲爱读书、藏书，也爱搜集版本、碑帖和名家字画。杭

州住宅书房中，有日本影印《大藏经》，《四史精华》，《四库全书》珍本，《三希堂》，《淳化阁法帖》和许多善本名家诗文集。父亲每年夏天都去别墅云居山庄避暑，所以山上也有一部分他自己特别喜爱的书。放暑假后，我就上山陪他散步读书。别墅是三间朴素的小平房，绕屋是葱茏的细竹，四周十余亩空地一半是果园，一半种山薯玉蜀黍。山顶有一座小小茅亭，每天清晨我们在亭中行深呼吸，东方彩霞映照着烟波缥缈的钱塘江，左边是沉睡的西子湖。父亲晚年怀着逃世的心情上山静养，勉励我要好好利用藏书，爱惜藏书，不要学不肖子弟，把先人藏书字画都卖了。父亲说这话是很沉痛的，因为我是长女，妹妹才五岁，家中没有应门五尺的男童，所以我当时曾立誓要保存父亲在杭州和故乡两地的全部藏书，没想到抗战军兴，父亲带了全家回故乡，杭州沦于敌手，全部书画就无法照顾了。

父亲逝世后，我又单身负笈沪上继续学业，大学的中文系主任夏承焘老师对我在读书方法上，另有一番指引。他说读书要"乐读"，不要"苦读"。如何是"乐读"呢？第一要去除"得失之心"的障碍，随心浏览，当以欣赏之心而不必以研究之心去读。过目之书，记得固然好，记不得也无妨。四史及《资治通鉴》先以轻松心情阅读，古人著书时之浑然气运当于整体中得之。少年时代记忆力强，自然可以记得许多，本不必强记，记不得的必然是你所不喜欢的，忘掉也罢，遇第二二次

看到有类似故事或人物时自然有印象。读哲学及文学批评书时，贵在领悟，更不必强记。他说了个有趣的比喻：你若读到有兴会之处，书中那一段，那几行就会跳出来向你握手，彼此莫逆于心。遇有和你相反意见时，你就和他心平气和辩论一番，所以书即友，友亦书。诗词也不要死死背诵，更不必记某诗作者准属，张冠李戴亦无妨，一心纯在欣赏。遇有心爱作品，反复吟诵，一次有一次的领会，一次有一次的境界。吟诵多了自然会背，背多了自然会作，且不至局限于某一人之风格。全就个人性格发展，写出流露自己真性情的作品。他教学生以轻松的行所无事之态度读书，自己却是以极认真严肃态度做学问。他作了许多诗人、词人的年谱，对白石道人研究尤为深入。我也帮忙他整理许多资料，总觉研究工作很枯燥，他说是年龄境界未到，不必勉强，性格兴趣不相近，也不必勉强。大学四年中，得夏老师"乐读"的启示，培养了读书的兴趣，也增加了写作的信心。卒业后避乱穷乡，举目无亲，心情孤寂，幸居近省立联高，就向图书馆借来西洋哲学书及翻译小说多种阅读。我写信给夏老师报告读书心得，也诉了一些内心的悲苦，他来信告诉我说："近读狄更斯《块肉余生》一书，反复沉醉，哀乐不能自主。自惟平生过目万卷，总不及此书感人之深。如有英文原本，甚盼汝重温数遍，定能益汝神智，富汝心灵，不仅文字之娱而已。"他也正在读歌德书，每节录其中警语相勉："人生各在烦恼中过活，但必须极肯定人生，乃能

承受一切幻灭转变，不为所动，随时赋予环境以新意义，新追求，超脱命运，不为命运所玩侮。"他又说："若无烦恼便无禅，望你以微笑之智慧，化烦恼为菩提，以磨刮出心性之光辉。"他指示我读西洋哲学之余，应当回过来再读《老子》。篇幅不多，反复读之，自能背诵。《老子》卒业后再读《庄子》，并命于万有文库中找出西塞罗文录来读其中说老一篇，颇多佳喻。

抗战后半期，我虽与恩师不曾同处一地，而书信往还。他对我读书为人为学，启迪实多。在那一段宁静的岁月中，我也确实读了一些书，但愈读愈感到在浩瀚书海中自身知识的贫乏，和分寸光阴的可贵。

胜利还乡，第一件事就是叩见恩师，并请他指点如何重整残缺的图书。因家园曾一度陷于日寇，听雨轩被日机炸毁一角，一部分藏书化为灰烬。复员回杭州，检点寓所与云居山庄两处的存书，许多善本诗文集都已散失，藏经和碑帖亦已残缺不齐。这都是无法重补的书，实令人痛心。统计永嘉与杭州两处余书不及原来三分之一，追念父亲当年的托付之重，我乃尽力把《四部丛刊》、《四部备要》及《四库全书》珍本等丛书中缺失者买来补齐，重新整理书房，且供上佛堂，也是对先人的一点纪念。

二十多年来，我也陆陆续续买了不少自己喜爱的书，加上朋友们赠送的著作，我也拥有好几书橱的书了，但是想起大陆

故乡和杭州两处的万册藏书，焉得不令人魂牵梦萦。偶然在旧书摊上买到一部尘灰满面的线装书就视同至宝，获得一部原版影印的古书，就为之悠然神往。披览之际，就会想起童年时代打着呵欠背左传孟子时的苦况，怀念起所有爱护我的长辈和老师。尤其是当我回忆陪父亲背杜诗闲话家常时的情景，就好像坐在冬日午后的太阳里，虽然是那么暖烘烘的，却总觉光线愈来愈微弱了。太阳落下去明天还会上升，长辈去了就是去了，逝去的光阴也永不再回来。春日迟迟中，我坐在小小书房里，凌凌乱乱地追忆往事，凌凌乱乱地写，竟是再也理不出一个头绪来。我只后悔半生以来，没有用功读书，没有认真做学问，生怕渐渐地连后悔的心情都淡去，只剩余一丝丝怅惘，那才是真正的悲哀呢！

回忆青年时代的学习

◎ 卢嘉锡

1915 年我出生在福建省厦门市一位台湾籍塾师的家中。我家世代都是教书匠，我本人也是个教书匠。

我的五代祖先原是福建闽西永定客家人，后来全家迁居台湾。我的父母都是在台湾出生的。1895 年，台湾被日本人占领后不久，全家迁回大陆，并定居厦门。

幼年时我并不聪明，家里人说我长到五岁还不会讲话，他们都很担心，怕我是个哑巴。后来我会说话了，他们才放心，并让我在父亲的私塾里跟着读书。

我从 12 岁开始进入正规中学念书，一直跳班，所以不到 19 岁就大学毕业了。毕业后留在母校厦门大学当了助教。

有人问我是怎样对化学发生兴趣的？我决定把自己的一生献给化学，是和我的老师、已故的著名化学家张资珙教授有密

切关系的。1930 年张资珙教授从美国留学回来，担任了厦门大学理学院院长兼化学系主任。他很喜欢我，劝我念化学。从这以后我就和化学结下了不解之缘。

我不相信有所谓生而知之的天才，我自己更不是个天才。我青年时代出国留学考试就曾两次落榜，直到后来第三次才考取。

事情的经过是这样的：1934 年我从厦门大学毕业后，参加了中英庚款公费赴英国留学的考试，第一次失败了，没有考取。1936 年我又做了认真准备考了一次，结果又没有考上。两次失败后我没有灰心，当时考公费我是没有背景的，报考的人多，招收的人少，考化学的人比其他学科要多。我经过日夜孜孜不倦的准备，决定再考第三次。

那是真刀真枪地干啊！报考物理化学的 30 多个人中只取一人，结果我考取了。

1937 年夏天，我 22 岁，远涉重洋到了伦敦，进入伦敦大学学院做研究生。在英国著名化学家萨丹教授的指导下，从事卤素放射性同位素浓集的实验研究工作。由于我的英文较好，肯动手，导师很喜欢我，两年后通过了论文答辩，获得博士学位。

其实，我英文较好，不是出国以后才练成的，是在大学里逼出来的。这中间有一段故事：1927 年前我基本上没有学过英文，1927 年进入一个不太正规的中学，念了一个学期，这

个学校就关门了。随后，我又到一个正规的初中去念，虽然进步很快，但是时间太短，只有一个学期。在中学真正的学英文就只有这一个学期。厦门当时没有高中。1928 年我就直接考进了厦门大学预科念书，当时课本全是英文的，老师上课根本不讲中国话，全部讲英语，头几个星期老师叫起来提问，我一点也听不懂，直发懵。老师气得发脾气、骂我，我还是听不懂，一时思想上很苦闷，很着急。从这以后我就加倍地努力学习，除了听课外，不抓紧自学，一是看英文小说，二是坚持用英文写日记，结果连中学在内总共只用了三年半的时间，英文就实实在在达到了四会：会读、会听、会说、会写。因此到了国外就没有语言上的障碍，一下子就可以和外国学生一样听课、交谈。我常常跟青年同志讲，英文一定要争取尽快过关，只要英文过了关，再进其他外文就易如反掌。

做研究生期间，萨丹教授对我的工作比较满意的另一个原因是，我比较勤奋，肯动手。比如做盖革计数管，老教授亲自手把手地教我拉钨丝，我学会了以后比他拉得还快，他非常高兴，逢人就说："这个中国人真厉害，我一个钟头只能做一个计数管，他一个钟头就做三五个！"

其实，外国人的动手能力很强，这一点是值得我们好好学习的。我国封建社会流传的"劳心者治人，劳力者治于人"的说法，对人们是有影响的，往往不屑于脚踏实地去做一些具体的细小工作。而搞科学实验，要重在实验，实验出真知。古往

今来，科学上许多伟大的理论无一不是通过实验证实的。

我在伦敦大学念了两年研究生，还剩下一年的费用，我和我的导师商量想到别的国家再去进修，他说："马上要打仗了，我劝你不要去德国，物理化学不是德国最好，你还是到美国去吧！"就这样，我又横渡大西洋到了美国。在美国的六年半中，以客座研究人员的身份在洛杉矶附近的加州理工学院从事结构化学的研究工作。在这里，我跟随后来荣获诺贝尔奖的鲍林教授学习。一年后，公费学习已经期满，但是鲍林教授希望我能留在这个科学的新领域多进行些学习和研究工作，这样我就又在这里进行了四年半的结构化学研究。

1943年底到1944年初，第二次世界大战到了关键性时刻，我到华盛顿附近的马里兰州研究室，参加了美国战时军事科学研究工作，在燃烧与爆炸研究中做出了成绩。不久，又回到加州大学和加州理工学院从事统计热力学和结构化学的研究工作。

在美国生活是很舒适的，但我从来没有忘记我是个中国人，我要千方百计地争取回祖国参加建设。于是在1945年年底，抗战刚结束，我立即结束了旅居美国6年半的生活，在太平洋上漂泊了两个星期，回到了阔别多年的祖国。这年我只有30岁。

回国后，先是在厦门大学担任教学和学校组织领导工作。我满腔热情地抱着"科学救国"的理想回到国内，可是当时满

目疮痍的祖国使我很灰心，连年内战，民不聊生，国民党政府已面临全面崩溃，根本就得不到支持从事科学研究工作。我过着极为清苦的教书生活，全家人难得温饱。在最困苦的日子里，我的妻子用我们的结婚戒指换了一袋米，这对结婚戒指上刻着我们两人的名字和结婚年月，现在把这样珍贵的纪念品都卖掉了，心里有说不出的难过。"科学救国"的梦想也成了泡影。

现在回忆起来，唯一感到欣慰的是，为祖国培养了一些人才，当然这主要靠他们本人的努力。但是，我认为，一个教师如果不希望他的学生超过自己，那就不是好教师。作为科学家，一定要注意培养青年科研人员，要鼓励他们超过自己。解放初期，我原想一头扎进科学研究中，但当我想到祖国建设需要大批人才时，就愉快地接受了教书的任务，亲自给学生上课，辅导阅读，由于师资不足，常常连续上课长达 4 小时，课余还要指导研究生，跑到宿舍里和同学们一起探讨问题。我主张青年人要多动脑、多动手。我认为，在培养人才方面，应注意培养两种人：一是能做出突出贡献的科技人才；二是勤勤恳恳，兢兢业业占领一个领域，并开拓这个领域的科技人才。只有培养出多方面的科研人才，我们的科学事业才能兴旺发达起来。我高兴地看到，我教过的学生中，不少人已成为国内外知名的学者，在科学上做出了重要贡献。我认为，一个教师，如果没有培养出几个出色的学生，他就不配当老师。青出于蓝，

而胜于蓝嘛。正是基于这种想法，在教书期间，我鼓励争鸣，常常组织一些引人入胜的讨论，大家都愿意听我讲课。上课时，课堂内外常常坐满了人，除学生外，许多助教、讲师也来听讲。后来我要调走时，有一百多人联名挽留我，非常热情，这对一个教师来说是最好的安慰。

全国解放后，党对我委以重任，1956年和1962年前后两次让我参加了制订我国科学技术远景发展规划的工作，我和著名化学家杨石先、唐敖庆等人，为促进我国化学科学的发展做了一些工作。1958年以后又参加了福州大学的创办工作，1960年正式担任这所理工科大学的副校长。在这同时，着手创建了福建物质结构研究所，并一直担任这个研究所的所长。

近年来，福建物质结构研究所的固氮研究小组提出了固氮酶活性中心的"网兜状"原子簇结构模型，并在模型物试探合成上一面和兰州大学化学系黄文魁教授协作，另一面也自行设法，分别合成出两个系列的模型物，进行了细致的结构测定，取得了有意义的进展。我认为，搞结构化学，既要注意结合国家生产上的需要，开展化学模拟生物固氮的仿生化学应用研究；同时也要有战略眼光，根据结构化学这门学科的国际发展动向，创造条件占领和开拓学术上十分活跃的过渡金属原子簇化合物的新领域，以推动走在前面的原子簇化学基础研究。根据这两个要求，我选择了化学模拟生物固氮这个课题。在这之前，厦门大学蔡启瑞教授提出了"厦门模型"，我们的研究课

题叫"福州模型",这两个模型国际上都认为是比较好的。1978年我率领代表团到美国参加第三届国际固氮会议,并在会上做了学术报告。一些与会的科学家称赞说:"想不到你们新中国跑到我们前头了!"

后来的研究工作之所以取得一点成绩,是和我年轻时曾受过比较严格的基础研究的训练有关的,讲课能讲得比较深入浅出也是和这分不开,因为真正把基础理论搞透了,联系实际是不困难的。所谓一理通、百理通,就是这个道理。

番薯人

163

◎ 张光直

拉丁语 lpomea batatas，英语 sweet potato，汉语"番薯"，是一种块茎类的植物，植物学家都说它起源自南美，哥伦布发现新大陆以后，把它带到全世界去。它到明代末年才传到中国，葡萄牙和西班牙的水手们把它传到了中国。这种作物非常适合中国山区干地，所以在中国长得十分茂盛。

拉丁语 Colocasia esculenta，英语 taro，汉语"青芋"或"芋仔"，也是一种块茎类作物，植物学家说它起源于东南亚，包括中国南部和马来西亚。它的年代与东南亚的栽培植物（例如稻米）一样地早，大约一万年以前。

公元 1895 年，大清帝国与日本打了一个大海仗，输得一败涂地，被迫将台湾岛给予日本。从此，台湾岛上的居民便成为"亚细亚的孤儿"。因为台湾岛的形状很像一个白薯，

所以岛上两三千万的汉人常常叫他们自己为"番薯人"。我父亲就是一个"番薯人"，他在1924年从台湾到北京念大学；本来念的是中国大学，后来承吴承仕先生介绍，转到北京师大，在那里碰到我母亲。我母亲是湖北黄陂人，那年只有18岁。我父亲23岁，两人相恋，母亲家里不同意，两人便私奔台湾。在台湾举行了一个隆重的婚礼。证婚人林献堂先生，介绍人洪楢、王敏川二位先生，地点是在台北江山楼。从1926年到1941年，一共生了四个儿子——光正、光直、光诚、光朴。

我们四个兄弟都生在北京，我们都是说标准的京片子，但是因为我们祖母不会说北京话，而且我家常常是台湾人在北京歇脚的地方，有很多台湾人来往，所以我们兄弟也会说台湾话，不过都程度不一地有点北京腔。我们从小学就不喜欢日本人，虽然学了六年日文，但是日文只能看，不能说，也不能写。我们自己认为毫无疑问地是台湾人，是番薯人；但也是闽南人、中国人。

现在的台湾人也自称为"番薯人"，但是有一个新名词加入了族群语汇，那就是"芋仔"，指1945年以后来的外省人。胡台丽说"芋仔"这个词是1949年以后，从大陆来了六十万大军之后开始出现的山。这些阿兵哥再加上之前来的外省人，被台湾人称为芋仔，或老芋仔。芋仔和番薯人现在被人为地界定为两个刻板印象：芋仔人不说台语，不与台湾认同，也痛恨

日本人；番薯人说台语，本土性强，对日本人有亲切感。

我们一家人用新的语汇就无法分类。事实上，二十世纪三四十年代的台湾人，都不能清清楚楚地分出番薯人和芋仔。在北京的台湾人，除了我们一家以外，且举几个例子：徐木生、张深切、黄烈火、柯政和、江文也、林焕文（林海音的父亲）、连震东、苏芗雨、赵炼、苏新、苏子蘅、谢文达、蓝荫鼎、郭柏川、杨开华（杨英风的父亲），这些人都可以说是以中国人自认的。但是今天认同的问题就不是那么简单。我相信他们都会很乐意地被叫做番薯人！但是别的称呼呢？我们无法知道。

我弄不明白的是：青芋在台湾已经有一万年以上的历史，当代的政论家却用它来象征来到台湾只有半世纪的大陆人。而番薯这个植物在台湾只有三四百年的历史，但却用它来象征台湾本土人。也许是因为我们台湾汉人的祖先抵达台湾和番薯来台湾的时间差不多同时，反而芋仔到达台湾的时间已经不能在人的记忆中回想得到。芋、番薯，都是象征性的言语，而象征是流动的。老芋仔本来指来台军人而言，现在芋仔又包括非军人。第二三代更没有一定的规矩来说了。妈妈也许是云林人，爹爹是上海人，自己是生在台湾，长在台湾。也许会说点闽南语，也许会几句客家话，也许只会台湾国语。这种人，有时被父亲强迫说是上海人；有时随自己的意思说是台湾人，多数不知道自己到底是哪里人。

我知道我是哪里人。在三十和四十年代，只听见人说番薯

人，与其相对的就是日本人、四脚（Sika）。将其包围的观念是唐山人或阿山。我和父亲都是唐山人或番薯人，这都是特殊的唐山人。四十年代以后，族群的观念有连续的改变，但是，那是在这本书的故事发生以后的事了。

读　　鞋

167

◎ 张拓芜

　　晨起读报，迎眼便是洛夫兄的《寄鞋》，稍早，洛夫诗成付邮前会在电话中念给我听，不待放下话筒便已老泪纵横，今天再详读全诗及后记，则更禁不住涕泗滂沱起来，一以悲恸，一以感恩，心中波涛起伏不能自已！

　　读诗竟读成这个样子，记忆中从未有过；大概这首诗与我有切肤之痛，大概洛夫下笔之时也是鼻子酸酸的，因他是我的好友，因他是位至性的有情人。

　　这双鞋我穿不下，我并未量脚给她。正如诗中所说："鞋子也许嫌小一些/我是以心裁量，以童年/以五更的梦裁量"的，我别她时双方均是十二岁的少年，虽然近半个世纪的漫漫岁月，但她记得的仍旧是分别时才十二岁的表兄（那是1940年的春天）。

莲子是大舅舅的长女，母亲怀着我时回南陵县娘家，舅母则刚好怀着她，姑嫂们谈着谈着就谈到肚子里的小生命，舅母提议指腹为婚，不管谁生女娃儿，一定嫁给对方的男团子，当然，若是生的全是小壮丁或全是"赔钱货"那就不算。

在半个世纪以前，表兄妹结婚是理所当然的，是最亲密的亲上加亲。

以前的人重信约、重然诺，说了就算，绝不反悔。上一代的一句话往往决定了下一代的一整生，对女人尤然。

听说她到了三十岁才被我父亲强迫出嫁，舅舅去世得早，舅母早已认定她女儿是张家的人，所以她出嫁我父亲便做了主婚人。

父亲只在1948年和我通过一封信，知道我那时在高雄当兵（他以为我当官，其实我只是个上等兵，但不好意思说实话，含含糊糊地让父亲去猜）。三十余年生死茫茫，了无音讯，父亲想他这个不成材的儿子多年不在人世了，兵荒马乱，烽火硝烟的，一个随时要调上火线打仗的军人，生命犹如疯汉手中的琉璃灯——哪有不随时随地砸碎完蛋的！同时看到莲子年华老大，觉得我们张家对她大有亏欠，就强迫性地逼她嫁了出去。

前年夏天，一位同乡长辈寄来一张照片，一见这照片，始而悲恸莫名，号啕大哭，继之全身发冷，心头茫然！我正在烧开水泡茶，那一壶刚滚的开水竟然大半浇在下腿及脚背，因是

大理石地板，积满了水之后我寸步不敢离，滑一跤我便整个完蛋。伤到的部位，热辣辣作痛，我知道若不早作处理治疗，这条腿会溃烂、发炎，而这条腿正是我赖以行动的唯一的一条健康的腿！

但电话离我尚有两三尺，我又不敢移动，痛就让它痛下去，烂也只好让它烂下去吧，这光景，我心中想的只是那张照片，其他全不存在！

照片是父亲的坟墓，其实只是一抔黄土，别说碑、石，连小草也没有一根，是真正的一抔黄土！

自从接到这张照片，心情丕变，在此之前从未想到要与海峡那边的家人联络，从此之后就积极地寻找管道，要问清楚：父亲是哪年哪月哪日过世的？享年多少？同时我要设法托人寄一点钱去，为父亲修个稍微像样的水泥坟，立块碑，碑的左下方刻上我们诸兄弟姊妹的名字以及我们的下一代以及莲子的姓名。她在父亲膝下算不得媳妇，也算不得女儿，那就老老实实地称姨侄女或表侄女吧。

三位弟弟我都不认识，连名字也不知；他们不是我的同胞弟，是我在1940年离家后，继母陆续生的。

看到照片，我知道他们实在没有力量为父亲筑一座稍微像样的水泥坟，这个担子应由我这个不肖的长子来挑。诸弟虽然穷困，但都在父亲膝前尽了菽水之欢，而我这个当长子的，不但未能在膝前承欢，甚或数十年不通音讯，生死茫茫……这样

的人子真正不肖不孝至极，真乃牲畜不如也！

然则，我能尽的儿子的责任，也只有这些了。

莲子早就知道我已残废，离了婚，目前与唯一的儿子相依为命，便一再表示要来我这里，照顾我父子。我想她没有这责任，而且分别处于大陆和台湾两个截然不同的世界，她如何能来？又怎样来得了！

她不但是个大字不识半个的"睁眼瞎子"，并且是个十足的没见过世面的乡下老妪，别说来台湾，离家才二十五华里的县城有没有到过都成问题！她不会说国语，广东话、闽南话更是闻所未闻，不会看路标路牌，不会游水（如果从深圳偷渡的话），她怎能出得来，又怎能人得了境！

莲子六七岁时即来我家，一直职司婢女使唤工作，母亲在世时只担任洒扫庭除，尚无人轻视她的地位（她是母亲的亲侄女），但母亲去世，继母进门之后，她的地位就一落千丈，砍柴挑水照顾弟妹、种田烧饭洗衣等等粗重分内工作之外，尚得忍受父亲和继母的责骂叱责及掐、打！

我离家出走，逃到孙家埠油坊当学徒之后，姑母和姊姊都和父亲和继母决裂。在我未成年成亲之前，她们绝不回娘家，莲子挨了揍、受了气，连个哭诉吐冤的对象都没有了。舅舅曾想接她回去，等我们长大了再送过来，但舅母认为她已是张家的人，不必接回家，而继母是因为憎恨我而祸延及她，我不在家中碍继母的眼，久而久之她的处境会好转些。如此，她只得

认命了。

她受的这些罪，我全然不知，我也不怎么关心她，因为我在店里当学徒的苦日子并不亚于她，我是泥菩萨过河啊！

这些，都是姊姊亲自踮着小脚走了二天来孙家埠探望姊夫和我时，亲口对我说的。但我也只听听而已，那年是我当学徒的第三年（1943年春天）。老实说，那光景我还不把她当回事，我根本没想到将来要和她拜堂成亲，因为我自己还养不活自己，我只是对舅父舅母有一点点抱歉而已，对她还不曾想到！

《联副》3月27日洛夫的《寄鞋》刊出后，接到好几通友人的电话，对我表示慰问之意。洛夫诗的魔力真大矣哉！

我和莲子表妹都已是花甲之人，还能活几天？见面的机会，此生恐怕是没有了。唉！我比莲子幸运，至少我还能捧着一双布鞋仔细研读，她呢，她有什么！

开在哪儿都是玫瑰

◎ 叶 磊

我真不该将这些玫瑰种在这里。我不得不承认这一点。你瞧，那些蔓生的玫瑰与菊花挤挤挨挨地共处一片花槽，看上去多么古里古怪。更要命的是，这些恣意滋生的枝条还伸到从我们家房间到庭院的小径上，不时地要钩住我们的腿，抓住我们的衣袖。甚至要划破我们毫无防备的肌肤。毫无疑问。这一丛玫瑰真的是种错了地方。

不过，这也不能全怪我。当时，我种下它的时候，它可不是这么一大丛。那是一个午后，我在花园里修修剪剪忙乎了好一阵，正准备将那些剪下来的冗枝扔进垃圾桶时，我的一位邻居来了。我的这位酷爱养花种草的园丁邻居。当即就怂恿我从这些差点被丢掉的杂枝中挑出些种起来。

我本无意再要一丛玫瑰，但又不想太扫这位仁兄的兴，就

随便从那些参差不齐的残枝中抽了一枝就近插入身边一个齐腰高的砖砌花槽。

我这样做实在是不用费吹灰之力的：一来，这个花槽刚刚松过土；二来，它还有其他任何地方都无可比拟的优势。我甚至无须屈身弯腰。

我想，肯定是这个花槽还有其他什么独特的品质正好适合这一剪枝，因为，才几个星期的工夫，它就生芽发枝，并开始向四面八方疯长。每次在给它修枝的时候，我就想：一定要给它搬个地方——只要天气合适、只要有空、只要……

直到一年以后，那个花槽仍旧滋养和包容着它的这丛外来户。春天，我终于戴上园艺手套、拿起铲子，来到花园里准备为这些花丛找个新家。意外地，我发现在这丛绿色中，有生以来第一次萌出了几个稚嫩的花苞。它会开出什么样的花朵来呢？会和它的母枝拥有同样的颜色吗？强烈的好奇心升上来，漫过了我那本来就已迟到的决心。我想，还是等它开过花再移走吧。

结果，从那一年的3月起，贯穿整个4月份，一直到5月，这一丛花让我们饱饱地美享了它桃红色的美丽灿烂。当最后一朵花儿凋谢时，我再次来到花园拿起我的工具，这一次，我可真的要行动了。

可是，我把它们安置在哪儿好呢？我不由自主地想起，当它们花开烂漫，自己从房间的窗户一次又一次地欣赏如画美

景的日子来。要不是种在地上，我又怎能有幸看得到如此风光？要不是它们的枝叶延伸到花园小径，我又如何能将这丛纷纷攘攘的花朵全部收入眼底？那些种在"合适"之地的玫瑰，我们每天又能几次走到后院，欣赏它们的芳影？

有时，偶尔有点错位，比起永远循规蹈矩的各就各位来说，能给我们带来更多的欢愉。

我将铲子丢到一边。

我想，只要我们还住在这座房子，我就会让这丛玫瑰呆在那儿了。每个春天，我们都会急不可耐地守望着它的第一枚花苞，然后美美地在它慷慨的开放里沉醉一个春季。

这花种错了地方吗？也许。

可它却找到了最好的地方，真的。

好男儿，一生骑在马上

◘ 歌　手

　　父亲生前经常带我去骑马。在我记忆中父亲骑马的样子是最英武的。

　　骑在骏马上的父亲，一手扬鞭，一手紧紧握着缰绳，目光炯炯地注视着前方。夕阳下，平日里弯曲的脊背挺得笔直，花白的鬓发也在那一刻有了朝气。

　　所以，我像许多孩子那样崇拜着父亲，视父亲为英雄。我甚至在很长一段时间里固执地认为，只要父亲骑在马上，他将无人匹敌。

　　那时候和父亲赛马，我每次都会被父亲落下老远。尽管私下里我时常自己骑马练习，还看了许多马术的书。

　　因为输得太多，我不止一次对父亲说：看来我这辈子也超不过您了。我不想再和您比赛了。

每次，父亲都抚着我的头笑着说：不要气馁，你还没有找到骑马的窍门，记住，做什么都不可以轻易言败。父亲最后说：其实，你的对手并没有你想象的那样强大……

我坚信父亲说的话是对的，也就没有兑现和父亲撒娇时说过的话——依旧和父亲赛马，依旧一次次败下阵来。因为父亲的鼓励，从那以后，我再没说过气馁的话，只是在闲暇时候更用心地学习马术。

终于有一天，父亲首肯地说：儿子，你已经逐渐找到了骑马的感觉，你和老爸的差距正一天天地缩小。

父亲在患脑溢血的前一年，我们赛过最后一次马。

那一次，在离冲刺线几米远的地方，我使出浑身解数与马儿配合，第一次抢在父亲的马前。

突如其来的惊喜使我兴奋得大喊大叫："我赢了！我赢了！"我调转马头禁不住向父亲炫耀。

"好样的，儿子！"父亲同样兴奋地跳下马跑过来祝贺我，"我说过的，你的对手原本没有你想象的那么强大。充沛的自信心是战胜对手的首要条件……"

父亲垂危时，我守在他的身旁。他留给我最后的话是：去做你要做的事吧！好男儿，应一生都骑在马上，不要轻易服输，更不要轻易下马。

父亲离开后的很长一段时间，我虽然早已从失去他的阴影中走出来，但记忆每每还是情不自禁地把我拉回到和父亲在一

起尽情驰骋的时光。我知道，那将是我一生中最值得珍藏的日子。

　　就在写完这些文字的第二天清晨，妻子说我昨晚睡着的时候流了满脸的泪。

新人类宣言

◎ 卢　苇

我们来了，在这个充满竞争的年代，脚步匆匆，登上了人生的舞台。

我们是一个新族群，却没有统一的豪言壮语，更没有标语口号，只有各自喜好的发型、五花八门的服饰和不加掩饰的神态。

长辈们疑惑地问：你们像谁，算第几代?

我们回答：我们只像自己，叫"新人类"!

我们在改革开放中学步，在商品社会的浪潮中长大，没有太多的传统文化的记忆，没有刻骨铭心的政治、历史的负累，我们在转型期中造型，"计划经济"不对我们作出周密的安排，我们是自费上学，自主择业，自我设计，自我调整，自由发挥。

既然一切靠自己，我们就必然张扬个性，宣泄自我，追求自身的价值，活出人生的精彩。

与前辈相比，我们摆脱了旧体制的束缚，却失去了铁饭碗的保障、福利房的安乐。我们获得了更大的自由发展的空间，却要承担谋生就业的更大的风险与压力。再没有依靠，再无须等待，于是我们敢于舍弃稳定，选择漂泊，从内陆到沿海，从国内到国外，于是我们视野更广阔，思维更活跃，信息更丰富，生活更多彩。我们更能接纳世界的信息浪潮和经济浪潮，更能适应知识经济的年代。

我们不再追求螺丝钉的价值，却要追求智能机械人般的专业技能和变形金刚的应变能力。我们要把大脑变成电脑，将新知识不断"录入"。我们又要用大脑操纵电脑，在信息高速公路上捕捉信息。正因为我们全方位地忙，忙得时空颠倒，所以我们要活得更独立，玩得更开心、更刺激。

不必用旧尺度来量度我们的行为规矩，不必用旧眼光来看待我们的生活方式，历史只要求每一代人对自己的行为负责。我们既接受了时代物质、精神的褒奖，便决不逃避历史可能给予的处罚。

我们坚信：新世纪呼唤新人类，新人类培养了新素质，新素质产生新活力。

我们郑重宣告：不要把我们叫做什么什么的一代，我们就叫"新人类"，21世纪的重要角色！

180

窗外的青春

◎ 林 晶

天总是很蓝。阳光总是很好。

伸到四楼教室窗前的几片树叶儿在微风中摇动，在太阳光里闪亮闪亮的。高高的，是天，一片清澄澄的蓝。阳光无限，明丽地充满着每一寸空间。

最初是无意的，一抬头望见窗外，心一下子震惊，心底里惊叹着多么蓝的天啊，多么灿烂的阳光。有什么在体内直想飞逸出来。

高中时代，每一个阳光明媚的日子，望见那片艳阳高空，我就按捺不下，忍不住向往飞越过窗口，走在窗外阳光灿烂的蓝天下，自由、快乐而美丽。

窗外的世界，灿烂，光明，美好。

年少的我并不知道，那窗外的世界示意了年轻的我对于生

活无限的向往和许许多多关于未来的美丽的梦想，而那躁动不安着的，正是我涌动如潮的——青春。

青春岁月，就这样悄然而不可阻挡地来了。

青春来临的时候，16 岁的我们，正一排排坐在教室里努力读书。读书的日子简单、平凡。窗外的世界与我们隔着一堵墙，很近，也很远。

五彩的生活和辽阔的世界还无可触摸。

于是每一次出神地望着窗外的天空又悄悄落下眼光，心里总带着些淡淡的忧伤。

日子仿佛总是过得很慢，我那颗充满渴望的心驿动不安而又无可奈何。

一遍又一遍，那乐声在我的心中流淌过。

乐曲的名字是《人们的梦》。第一次听见它的时候，这四个字一下子击中了我——我有多少梦想生活的渴望——乐声如水地传来。是吉他，铮铮琮琮，音乐的美丽和忧伤让我无法忘怀。

带着我年轻的梦和我年轻的忧伤，整整三年，这乐声在我的心中回响，轻轻地，却极其真实，我仿佛捉得到它的声音。

是吉他，铮铮琮琮，悠柔如梦，有些感伤。

我的目光一次次投向远方。

远方是不可知的未来，远方是此刻还不能抵达的激越不凡的生活，远方是有迷人鬼魅的字眼。

想象自己挎一只大大的旅行包，肩负一路风尘，一个人走在地平线上，日升日落，独自天涯，流浪远方。

我着魔似的迷恋上流浪的感觉。我强烈地想要一袭牛仔衣。

牛仔衣是流浪和远方的象征。在那件厚厚的石磨蓝牛仔衣披上身的一瞬，它重重地压在了我的肩头。我想就是它了，肩负风尘、独自天涯的感觉就是这样的。

于是我身穿一袭牛仔衣，伫立在风中，对流浪充满感动，想起远方，无限渴望。

一身牛仔衣，我穿了整整三年。背一个牛仔书包，一束高高的马尾巴，在脑后摇来晃去，摇来晃去……

青春最初的日子，重重的梦想，淡淡的忧伤，悄悄地过去。

接到大学录取通知书后我做的第一件事，是把那件洗得发白的牛仔衣叠起来包藏好。我仿佛完成一项仪式似的向牛仔衣告别，向我的年少青春告别。

在那座花园般美丽的大学校园里，我站在微风吹送绿草青青的湖畔，露出了笑容。

我终于长大了，我终于开始拥有我自己的生活，我的梦想和渴望就要实现。

当时，人们传唱着一首歌曲，歌词里有一句话："那时候天总是很蓝，日子总过得太慢。"我听到它的时候，突然泪水

慢慢地溢出了眼睛。

　　窗外的蓝天，流浪的远方，和《人们的梦》的乐声——地回来……

　　岁月流逝，我终于知道，那些望着窗外的瞬间，我满怀梦想，在我躁动不安和轻轻的惆怅里，是我青春时代人生最宝贵的涌动的激情，是我生命充满信心和憧憬的阳光灿烂的日子。

183

人生一瞬间

◎ 金 月

　　我不是宿命论者，一向不大相信"命由天定"之类的话。可是，有了一把年纪之后，蓦然回首，不无惊奇地发现，决定人生命运的不过是几个稍纵即逝的瞬间。倘若这瞬间是从自己手中不经意而溜走，倒也不必怨天尤人，谁让你有眼无珠坐失良机呢？然而，大多时候并非如此，命运在人家手心里攥着，你眼睁睁看着人家漫不经心地那么一抛，就足以改变你的一生了。这实在是一件残酷而残忍的事。

　　记得读高中时有一位高我两届的学兄，品学兼优几乎没有人怀疑他会考不上重点大学，可他却意外地落榜了，连个一般院校也没考上。老师和同学们都很惋惜，甚至认为一定是评卷或录取的某个环节出了纰漏，可那时是不允许去招生办查找考分的。后来，学校就留他代课，教高一的化学，教学效果极

佳。谁知半年以后他竟疯了，住进了精神病院——原来是主管教学的副校长和教导主任考虑学校缺化学教员，就把他的北师大录取通知书给扣下，毁了他的一生。我现在也无法揣度，当看到他疯疯癫癫不成人形时，那位副校长和教导主任作何感想？

　　和他比起来，我算是幸运多了。高考完毕，我回到母校找老师估算各科分数，结果是重点大学把握不大，但一般院校的本科应该不成问题。果然，二十几天后。我在乡下的老家接到一位姓胡的老师的信，说我已被吉林师大（即现在的东北师大）中文系录取，我相信消息极为可靠，因为胡老师本来就是师大的讲师，不知出了什么问题被下放到我们县高中的，他的家还一直住在师大校园里。可是，数日后，当邮递员把录取通知书送到我手上时，怎么也找不到"大学"两个字，细细端详了五六分钟，才看清是"吉林师范专科学校中文科"把我录取了。当时的沮丧可想而知。大约来校报到半个月后，突然得知师大又从落榜生中"捡"了一批考生正式录取了，个中原因很简单：该校某位领导在审查第一批录取名单时，忽然想到一个"纯"字，就下令把家庭出身不好或社会关系复杂的考生统统甩出来，我便一下子从长春市"甩"到吉林市了，速度比现在的高速公路还要快得多。所幸的是吉林师专的老师录取了我，否则我将落榜，回家修理地球了。我永远感激那位把我"捡"到吉林的老师。感激归感激，只是这个"专科"实在贻害不

浅，评起职称来一步一个坎儿，动不动就得"破格"，其实，是被打人了"另册"的。我不知当年师大的那位领导，在他离职退休颐养天年时，可曾想到过被他"甩"出去的那批青年人的命运吗？

当然，也有阴差阳错捡了便宜的。就说我的一个高中女同学吧，个子很矮，矮到不大适合站讲台当老师；可是，仅因为大夫在填写她的体检表时字迹潦草了些，某师范院校的教务长把"1.39米"错看成"1.89米"，就把她当校篮球队员录取了，及至报到后发现她几近侏儒，但也无法退回了。我想。她此生此世忘记任何亲人都可以，惟独不能忘记那位教务长。

其实，瞬间决定他人命运的事例很多，关乎人命的也不乏其例。提及它的目的，无非是给那些掌握他人命运的人提个醒：当你拿起笔毫不犹豫地签下"同意"或"不同意"时，当你举起朱红大印将要劈头盖下去时；或者，当你一言九鼎足可以为他人"盖棺定论"时，你是否想到了责任的重大？是否想到了"差之毫厘，谬之千里"的古训？

慎之又慎，慎之又慎！这样才好。因为，人生只有那么几个瞬间，包括你自己；还因为，在你掌握着他人命运的时候，别人也在掌握着你的命运。

生命中的钩子

◎ 慧　民

在生命中，我们曾渴望过很多。比如良好的教育、富足的生活甚至美满的爱情。然而生命中最值得感慨和欣慰的，莫过于自身的奋斗与无私的奉献了。对残疾人而言，尤为如此。

如果有人在 1985 年前到过西城区旧鼓楼大街小石桥胡同中部的那个狭小的公共厕所，或许会见过一个挂着双拐的残疾少年。他总是在午后的时候才出来，因为那时大家都上班了。假如男厕所靠门的那个位置正好有人用着，他会是一副找人的样子，咕哝个什么名字。事实上这个人或许根本就不存在。如厕的人出来了，可以看见他还在外面的台阶上站着。

要是在 1985 年以前你在西城区旧鼓楼大街小石桥胡同中部的公共厕所里见到一个挂着双拐的残疾少年你可千万不要奇怪。他如厕的方式很特殊，像坐长凳那样横着，右手抓紧门

框，死死的。冬天里的公厕简直就是个纸糊的笼子。他如厕的时间又很长。那只用来写字的右手常常是通红的，早就失去了知觉。但是仍然很结实。那时候他最大的感慨就是生命像一只右手。

后来他大了，作为残疾人的心理障碍越来越少，也乐于在困难的时候接受人们的帮助。有一天他把残疾人如厕的艰难和大便干燥的痛苦淋漓尽致、入木三分地写了出来。就是那篇著名的《纯蓝》。所有看过的人莫不拍案叫绝，可惜谁也不肯将它发表。理由是——不雅。一个残疾人走过的路、他解决问题使用的方式不雅之处就太多了。

后来他又大了，常常发表文章，讴歌生命中的种种真情经历。他成熟了，学会了拒绝怜悯与施舍，学会了用自己的所长帮助别人，尤其是帮助残疾人。他教给他们许多计算机的使用技巧。那些都是他打车去做的，要好多钱。有一次一个脑瘫的女孩摔伤住进了医院，他一直守在那儿。她的右手在他的手心里渐渐冷却，弯曲成一只永远的钩子。

后来他总是不断长大，经历了许多、学会了许多，也坚强了许多。他的爱情总是在婚姻的门槛前倒下，却繁衍出无数让人落泪的文字。那一天他在朋友家里，心里还没有什么准备，鼠标只是轻点了几下，一个注定使他再难割舍的世界就那么在他的眼前展开了。他不假思索地走了进去，像是推开一扇扇早已熟悉了的门。他猛然想起，应该让他那些终日困于斗室的残

疾朋友一起来看看。他操作熟练，鼠标轻快。他仿佛看到了那个脑瘫的女孩，用钩子钩取周围的东西。鼠标多像一只钩子啊，把远的近的都钩到面前。

后来他终于长成了，身上不再有伤痕。那是因为他学会了小心翼翼地走路。学会了小心说明他彻底长成了自己。他终于明白：那双沉重破旧的木拐才是他生命中真正的钩子。然而每次使他重重跌倒的，不是那钩子又是什么呢？

一年那样地过去了，新的一年又将开始。人渐渐老去，而生命中的钩子却依然固执地伴随左右。想要抛弃，却不容易。他是多么留恋那些各式各样的钩子啊，是它们使他成长、使他自卑、使他顽强。

事实上每个人都有自己的钩子。在生命中，不可承受的是钩子的磨损。人们走过四季，迈向未来，却从来没有认真对它进行过些许的维护，甚至上一点润滑油。总有一天人们会问：你的钩子还结实吗？

农村亲戚

◙ 苏志强

在不少城里人眼中，农村亲戚是不受欢迎的：敲门像擂鼓，进屋不脱鞋，看不出好赖脸，听不出好坏话……毛病真是太多了。

曾经，我对农村亲戚也是横竖看不顺眼。汜得小时候家里穷，农村亲戚则更穷。一旦他们登门，肯定是有事相求。尤其是到了年节，我家简直就成了招待所。来的人无一例外地带着黏豆包，走的时候则大包小包的白面、大米、旧衣服，还有粮票和钱。那时家里只有父亲一个人挣钱，我们的日子也过得相当紧巴.所以对父母的大手大脚我们很有意见。可父母总是耐心地开导说：亲戚之间。处的就是一个情一个义；人千万别太无情，谁也不知道自己啥时落难啥时风光……

只是那时我还小，并不能理解父母的话，所以仍改不了对

农村亲戚不冷不热的态度。尤其是当他们因故在我家留宿的时候，我表现得更加反感：闻不惯他们身卜的土炕味儿，怕他们招来跳蚤。于是跟妈妈声明，不与他们睡在一张床上，不许他们盖我的被子。父亲听了气得抢起巴掌要打我，妈妈却拦住说：等他长大就明白了。

等我真的明白这一点时，已经是父亲去世之后了。父亲的离去，令我们本不宽裕的家庭陷入了贫困。我因此放弃学业当了一名工人，家里还欠了一大笔债。这时不少城里的亲戚不敢和我家来往了，我终于明白了"贫居闹市无人问，富在深山有远亲"的真切含义。而此时，我乡下的老姨却对我们施以援助之手：正是秋收的农忙时节，老两口儿大老远赶了来，开导母亲，关照孩子。这时老姨家的生活已大大好转，开起了豆腐坊，盖起了砖瓦房。每到年节，老姨总要做上一板干豆腐，让表弟先坐火车再换汽车送到我家。说句实在话，干豆腐满街都有，价钱也不贵，可是任我们怎么劝，他们就是要送。每当母亲劝阻，表弟总是低头一笑：我妈说了，那时净借您家的光了，送点儿干豆腐算啥呀！

其实，亲戚就是亲戚，到了关键时刻，还是自己家人最亲近最借力。今年元旦之前，我与妻子分手了。老姨知道后，当天就让表弟骑着摩托送她进城。死冷寒天的，人都快冻僵了，老姨进门也顾不上暖一暖，先劝我妈，再劝我，生怕我们上火。可她自己回家后却大病一场，就是这样也还是不放心，隔

191

三差五就让表弟过来看看，捎的仍是那又软又香的干豆腐。

其实，农村人也好，城里人也罢。割舍不断的永远是那条亲情流动的血脉。对于每一个城里人来说，农村亲戚是一面镜子，让我们唤起内心深处的真情，同时也映照出我们身心中的卑污之处，让我们反省、自责，并且悔不当初……

从写字说起

◎ 喊　雷

　　我自幼学书，喜写大字，不屑于写小字。以为只要把大字写好了，小字便理所当然地写好了。待大字写得像那么回事的时候，凡有人来索字，我一般都有求必应。什么什么商场，什么什么学校，什么什么车站……写了不少。有一次，有人要我为其写一幅蝇头小楷的扇面《蜀道难》。当时我欣然应下了，以为这只不过是"小菜一碟"。然而待我提起笔来，才感到于方寸间走笔，眼力、腕力皆不能随心所欲，心颤手抖，越写越不像样，真可谓"难于上青天"！这时我才明白我的"理所当然"实际上是"想当然"，原来写得越小，就越觉得难写；小到极点，就难到极点。微雕、微书之所以价值连城，乃难能可贵之故也。同理，人们把写得好的小小说昵称为精短小说、焦点小说、掌上小说、迷你小说……亦因难能可贵之故也。

从中国文学史看，当初的小说主要是供人们茶余饭后消遣阅读的。小说中的"小"字，原来就是区别大雅之堂中的诗词歌赋的"大"字的。这个文体在娘胎里就有了小字辈的排行。后来，人们不再小看小说，是因为用这个文体写作的有古往今来的一批大家，出过不少名著的缘故。由此可见，不应当仅仅以文体类别去论成败得失、大小优劣。精彩的乒乓球赛台前不见得比把足球踢臭了的大赛场上的观众少。短短千把字的小小说有写成传世精品的，洋洋百万言的长篇小说也有写得比裹脚布还臭的。总之，小看小小说这个文体是没有道理的。

去年岁末，凌鼎年弟来函求字。我以为，赠给他的条幅，所写内容应与小小说有关才好。于是便以《说小小说》为题，写了一首不讲平仄的四言诗邮去（刊于泰国《新中原报》1997年6月14日）。后来还抄了几张赠予几位写小小说的朋友。这首诗是：

寓大于小，似小非小；

咫尺千里，窥斑见豹。

浓缩聚焦，精妙小巧；

似伤于小，实成于小。

这是共勉的赠诗，丝毫不意味着凡是用小小说文体写的作品就都是好的，就拥有读者。要人们不小看小小说，小小说作家们就必须写出为小小说这个文体增光添彩的作品来。

有人说小小说是文化快餐。我以为这不是在排斥小小说。

文化快餐没有什么不好。不过优秀的文化快餐——小小说，就应当是色香味形俱佳、清洁卫生、营养丰富的即食即饮的盒饭或软饮料。作为这样一位厨师，应当注意些什么，那是不言而喻的。

我常常提醒自己：目前，读者不是嫌小小说作品数量少，而是迫切地希望读到更多的高质量的小小说。鉴于此，我往往轻易不敢落笔，不敢把自己认为不怎么样的稿子拿出来面世，惟恐扫读者的兴。惟恐浪费读者的光阴。须知，读者是我们的"上帝"。而"上帝"是不能糊弄的。

平淡的朋友最长久

◎ 于 勤

有些朋友很平淡，不是指人而是指关系.但你却少不了他。杰就是这样一个朋友。

我和杰同学六载，又共事六载。他属于特别沉稳特别有主见的那种人，又很善解人意，就像罗切斯特眼中的简·爱，是专门听人秘密的人，使人一下子就对他掏出所有心事。而我呢？小女人的"坏"毛病占全了，多愁善感、爱幻想、爱使性子……每每遇上事儿。常常是我先面对雪白的墙掉泪，一滴、两滴、三滴，就等杰一句关切的询问，马上就泣不成声。杰成了我最好的倾诉对象和高级顾问。

我敢说，杰是世界上最了解我的人，他知道我的弱点。如果要问谁最不想娶我为妻，那准是杰。但是他却希望我嫁给一个世界上最好的男人。我也绝不愿嫁给一个聪明到可以把我看

穿的人。也许正因为不涉及"爱"字，我们才能毫无保留地袒露彼此的心迹。

有一阵子我迷上了拿破仑。凡是有关拿破仑的书都拿来看，口口声声讲述着拿破仑的罗曼史，日日夜夜感念拿破仑的英雄形象，他简直就是我心中的"他"。杰说："叶公好龙！"是的，我的迷恋常常是叶公好龙式的。杰能一句话就让我从半空中回到地面，他就有这本事。

有一年初春，寒冷多雪，且总是雨夹雪，下得湿漉漉，冷森森。我要做个手术住进医院。杰闻讯赶来，漆黑的鬈发被雨雪淋成一缕缕的，连睫毛一都挂着水珠。他告诉我他结婚了，刚刚登记的。沉默片刻，他拿起我床上的一个橘子，握着，就那么握着走了。我的心猛地像是空了一块，我感觉上吃了一惊！

后来杰走了，到南方一个很开放的小城闯天下去了。没有送别，只通了一次电话。但我的心正经历着别离的空落，我已经感觉到我不能没有这个朋友，这个任你哭、任你闹、任你一本正经、任你嬉皮笑脸都奉陪到底的朋友。

思念源于分离。生活中的事儿就是这样，习以为常的相处被阻隔了，而且它们作为往事浮现于脑海时变成了珍珠，闪着温暖的光辉。当我从风一阵雨一阵的小丫头变成了妻子、母亲，当我惬意着平和宁静的生活，总免不了想起杰，也免不了生出一分感激。说不清要感激他什么。只觉得在那么年轻的日

子里他参与了我的生命，而我的命运由于他的参与成为今天的样子。

我和杰再次相聚情形很悲凉。杰去南方时与妻子成双成对，此次回来却形只影单：病魔缠上了他的右脚，他还能站起来吗?！杰是个不愿连累别人的人。

当我们独自相对，无言的杰显得那样脆弱和无助。我的泪一滴、两滴、三滴，终于泪眼婆娑、泣不成声。杰始终都没说什么。

我实在不明白这种事怎么偏偏找上杰?！我也实在不知道此时的杰最需要的是什么，我又能替他做什么？从前，当我难过的时候，杰是个心领神会的朋友。而我，我确实太笨了！

泪眼婆娑的我瞥见杰病榻上的一堆橘子。金灿灿、黄澄澄的，不禁令我想起几年前杰握着橘子走出我的病房时的背影。那高大的、健壮的背影。还有好多好多往事，都如金色、圆实的橘子，带着清香滚到眼前。

杰说，他还得回南方，自己回去，那儿还有工作。可惜没有朋友！这次大病，生命攸关，吉凶未卜，精神备受折磨后把该看淡的都看淡了，而有些东西却看得更重了。

那么，杰，让我跟你一起去么？我的心为这想法欢快地跳了一阵，杰的一句"你又犯毛病啦"就又让我跳到半空的心怦然落地。

临走，我拿起他床上的一只橘子，金色的橘子。握住，像

握住美丽珍贵的黄金，我体会杰当初握着那橘子的心境。

后来，杰的腿竟好点了，他自己去那个遥远的城市继续他的事业，留给我的是不尽的惦念。

人们常常怀疑男女之间除了情人和夫妻关系是否还有更纯粹的东西，像友谊什么的。其实我们活着追求的实在不是感情的纯粹，诸如纯粹的爱、纯粹的友情、纯粹的恨，我们追求的是感情的真挚以及它带来的美好感受。恋人可以分手，夫妻可以离异，而相互了解、彼此关怀的朋友却永远是心中温暖的角落，就像我心中的杰。

200

梦中的大哥哥,你好吗?

◎ 金 玲

少女心中存在偶像是一件非常美好的事,每个人心中都曾经有过自己的偶像,偶像并不一定非得说出来,或把他的照片挂在床头,真正的偶像在少女心中隐藏得很深,外人不一定看得出来,也许和她最亲近的人也不一定知道她的心事呢。

真不明白为什么有那么多的人反对女孩子心中存在偶像,最近我看到有一个女中的老师写的文章,他先说他做了什么什么工作,然后就说:"我们班的女孩子不追星,不唱流行歌曲,不喜欢刘德华.我们唱的歌是《跟着毛委员长上井冈》、《在太行山上》和《长征组歌》,我们的女孩子知道什么是艺术。"

这段话看了之后使人心中有种梗梗的感觉,像是存心在跟什么人找别扭。为什么要视流行歌曲为洪水猛兽呢?生活中真

正"追星"追得茶饭不思、如痴如狂的少女又有几个呢？

媒体说的那种"追星族"，我以为只是极个别现象，不应无限夸大，大做文章。有人写化妆，把化妆写得像谋财害命一样可怕，"红的水黑的水蜿蜒而下，仿佛洪水冲刷过水土流失的山峦"，我想就是京剧里勾画的脸谱卸妆的时候也不会有这般情景吧？什么事被人一夸张就变成了洪水猛兽，做文章的人只图一时痛快，写个"追星族大特写"什么的，找几个极端个别的例子来一夸张，给人的感觉仿佛是听了流行歌曲就跟中了毒似的，要是再崇拜上什么偶像，那么这个女孩子就完蛋啦。

崇拜偶像有那么可怕吗？

我一直有自己崇拜的偶像，我也爱听流行歌曲，因为这都是一些美好的事情，我也没有因此而玩物丧志，我事业上很努力，每天笔耕不辍，新书不断地写出来，从来不敢偷懒。我想我应该比一个正在准备高考的学生还要勤奋些。但这并不妨碍我听听流行歌曲排行榜，晚上写作的时候收音机也常开着，古典、流行来者不拒。为什么要拒绝呢？！

我一直很喜欢罗大佑的歌，因为他的每一首歌都能带给我不同程度的感动，我喜欢他，崇拜他.听他的歌已经有很多年了，我不知道自己算不算一个追星族，我只知道在那些喧嚣和烦乱的时候，罗大佑的歌和许许多多美好的音乐帮我洗干净了我的心，我只知道偶像会使人振作，当你心灰意懒的时候，一想到有一个那么美好的人是你心上的，你甚至仅仅是为了他也

愿意使自己美丽起来。

我无法想象一个女孩在夜深人静的时候一个人高唱《在太行山上》是什么样子，非把她妈妈吓出毛病来吧？要不就是她妈妈以为她有病，总之不太正常。一个时代有一个时代的声音，年轻就是一种冲动，不应该把女孩子们关在笼子里，让她们装聋作哑。

想听你就听，想唱你就唱，梦中的大哥哥你好吗？